ARTHUR CONAN DOYLE

O CÃO DOS BASKERVILLE

ARTHUR CONAN DOYLE

SHERLOCK HOLMES

O CÃO DOS BASKERVILLE

O cão dos Baskerville
The hound of the Baskervilles
Copyright © 2021 by Amoler Ltda.

COORDENAÇÃO EDITORIAL: Stéfano Stella
TRADUÇÃO: Tássia Carvalho
PREPARAÇÃO: Adriana Bernardino
REVISÃO: Andrea Bassoto / Fabrícia Carpinelli
CAPA E DIAGRAMAÇÃO: Plinio Ricca
PROJETO GRÁFICO: Plinio Ricca / Stéfano Stella

Texto de acordo com as normas do Novo Acordo Ortográfico da Língua Portuguesa (1990), em vigor desde 1º de janeiro de 2009.

**Dados Internacionais de Catalogação na Publicação (CIP)
Angélica Ilacqua CRB-8/7057**

Doyle, Arthur Conan, 1859-1930
    O cão dos Baskerville / Arthur Conan Doyle ; tradução de Tássia Carvalho. – Barueri, SP : 2021.

    Título original: The hound of the Baskervilles

    1. Ficção escocesa 2. Ficção policial I. Título II. Carvalho, Tássia

18-0974   CDD E823

Índices para catálogo sistemático:
1. Ficção escocesa E823

TEL: (11) 95960-0153 - WHATSAPP
E-MAIL: FALECONOSCO@AMOLER.COM.BR
WWW.AMOLER.COM.BR

Sumário

1: Sr. Sherlock Holmes..9
2: A maldição dos Baskerville..19
3: O problema...31
4: Sir Henry Baskerville 43
5: Três fios partidos..59
6: O Solar Baskerville 73
7: Os Stapleton da Casa Merripit..85
8: Primeiro relatório do Dr. Watson..103
9: A luz sobre a charneca
   [segundo relatório do Dr. Watson].......................................113
10: Fragmento do diário do Dr. Watson....................................135
11: O homem no penhasco..149
12: Morte na charneca...165
13: Firmando as redes..181
14: O cão dos Baskerville...197
15: Uma retrospectiva..211

1

Sr. Sherlock Holmes

O Sr. Sherlock Holmes, que geralmente acordava tarde, exceto nas frequentes ocasiões em que ficava acordado a noite toda, estava sentado à mesa do café da manhã. Parei no tapete junto à lareira e peguei a bengala que nosso visitante da noite anterior havia deixado para trás. Era uma elegante peça de madeira, com empunhadura protuberante, do tipo conhecido como *Penang Lawyer*.[1] Logo abaixo da empunhadura, em uma faixa de prata de quase dois centímetros e meio de largura, havia a inscrição: "Para James Mortimer, M.R.C.S., de seus amigos do C.C.H.", registrada com o ano "1884". Era uma bengala daquelas que os antigos médicos de família costumavam usar: digna, sólida e confiável.

---

[1] Uma bengala feita da haste de uma palmeira do leste asiático (*Licuala acutifida*). (N.T.)

— Então, Watson, o que acha da bengala?

Holmes estava sentado de costas para mim e eu não lhe dera sinal algum de minha presença.

— Como sabia o que eu estava fazendo? Acho que você deve ter olhos na parte de trás da cabeça.

— O que tenho, claro, é nada mais que um bule de prata muito bem polido na minha frente — respondeu ele. — Mas, diga-me, Watson, o que acha da bengala de nosso visitante? Uma vez que tivemos a infelicidade de não o encontrar e nem sequer temos noção do motivo de sua visita, esse inesperado *souvenir* se torna importante. Examine-a; quero ouvir sua opinião sobre o homem.

— Creio — disse eu, seguindo o máximo possível os métodos de meu companheiro — que o Dr. Mortimer é um médico idoso, bem-sucedido e muito estimado, visto que aqueles que o conhecem lhe deram esta prova de reconhecimento.

— Muito bem! — exclamou Holmes. — Excelente!

— Creio também que exista uma boa probabilidade de ele ser um médico rural e que faz a maioria dos atendimentos a pé.

— Por quê?

— Porque esta bengala, embora originalmente muito bonita, foi tão castigada que não consigo imaginar um médico de cidade utilizando-a. A grossa ponteira de metal está desgastada, e isso evidencia que o homem caminhou muito com ela.

— Soa perfeito! — disse Holmes.

— E, continuando, há a inscrição "amigos do C.C.H.", que imagino ser algo relacionado com um clube de caça, caçadores locais a cujos membros ele possivelmente teria dado alguma assistência cirúrgica, e em retribuição lhe fizeram uma singela homenagem.

— Realmente, Watson, você se supera — afirmou Holmes, recuando a cadeira e acendendo um cigarro. — Afinal de contas, atrevo-me a dizer que você, sendo tão bom a ponto de descrever meus pequenos êxitos, tem com frequência subestimado suas próprias habilidades. Pode não ser propriamente brilhante, mas é um condutor de luz. Algumas pessoas, mesmo não sendo gênios, possuem um poder notável de estimulá-los. Confesso, meu caro amigo, que devo muito a você.

Holmes nunca havia falado tanto antes e admito que suas palavras provocaram em mim imensa satisfação, pois normalmente me ressentia por sua indiferença tanto à admiração que lhe dedicava quanto às tentativas que fazia para divulgar seus métodos. Orgulhou-me também pensar que, enfim, dominara sua metodologia a ponto de aplicá-la e merecer a aprovação dele. Então, Holmes pegou a bengala de minhas mãos e examinou-a por alguns minutos a olho nu. Com expressão de interesse, largou o cigarro e, levando a bengala até a janela, reexaminou-a com uma lente de aumento.

— Interessante, apesar de elementar — disse ao retornar a seu canto favorito do sofá. — Há, certamente, um ou dois indícios na bengala. Isso nos dá base para várias deduções.

— Algo me escapou? — perguntei com certa presunção. — Alguma coisa de importante me passou despercebida?

— Receio, meu caro Watson, que a maioria de suas conclusões esteja errada. Quando disse que você me estimulava, para ser franco quis dizer que, ao ouvir suas falácias, fui ocasionalmente guiado para a verdade. Não que você esteja totalmente enganado neste caso. Com certeza, o homem é um médico que faz atendimento rural. E anda muito.

— Então eu estava certo.

— Até esse ponto.

— Mas isso é tudo.

— Não, não, meu caro Watson, não é tudo de modo algum. Eu sugeriria, por exemplo, que é mais provável a homenagem ao médico ter vindo de um hospital do que de caçadores, e que as iniciais "C.C.", antes da letra H, de hospital, conduzem naturalmente às palavras Charing Cross.

— Talvez tenha razão.

— As probabilidades nos levam a essa direção. E, se considerarmos isso como uma hipótese de trabalho, teremos um novo ponto de partida para o início da construção do perfil desse visitante desconhecido.

— Bem, supondo então que "C.C.H." signifique Charing Cross Hospital, a que outras deduções chegamos?

— Elas não são autossugestivas? Conhece meus métodos. Aplique-os!

— Só consigo pensar na hipótese óbvia de que o homem inicialmente fazia atendimentos urbanos antes de se transferir para o campo.

— Ousemos um pouco mais. Observe a situação sob o seguinte ponto de vista: em que ocasião seria mais provável tal homenagem ser feita? Quando os amigos se uniriam para lhe demonstrar reconhecimento? Obviamente, no momento em que o Dr. Mortimer se retirou do trabalho no hospital para clinicar por conta própria. Sabemos que houve uma homenagem. Acreditamos que ocorreu uma mudança de um hospital urbano para um atendimento rural. Será que estaríamos forçando demais nossa inferência ao dizer que a homenagem foi em razão da mudança?

— Realmente parece provável.

— Agora, observe que ele não poderia estar na equipe do hospital, pois somente um homem bem estabelecido e atuando em Londres teria tal posição, e essa pessoa não iria para o interior. Então, o que ele era? Se estivesse no hospital, apesar de não fazer parte do corpo médico titular, só poderia ter sido um cirurgião ou um médico residente, pouco mais que um aluno de último ano. E partiu há cinco anos, conforme a data na bengala. Então seu grande médico de meia-idade desvanece no ar, meu caro Watson, e cede lugar a um jovem com menos de trinta anos, amável, sem ambição, distraído e dono de um cão de estimação, que eu descreveria como maior que um terrier e menor que um mastim.

Ri incrédulo quando Sherlock Holmes se recostou no sofá e soprou pequenos anéis de fumaça em direção ao teto.

— Quanto à última parte, não tenho meios de verificar sua dedução — disse eu —, mas, ao menos sobre a idade e a carreira profissional do homem, não é difícil descobrir alguns detalhes. — Puxei de minha pequena estante o Catálogo Médico e procurei o nome. Havia vários Mortimer, mas apenas um deles poderia ser nosso visitante. Li o registro em voz alta:

"Mortimer, James, M.R.C.S., 1882, Grimpen, Dartmoor, Devon. Cirurgião-residente de 1882 a 1884 no Charing Cross Hospital. Vencedor do prêmio Jackson de Patologia Comparada, com o ensaio intitulado "A doença é uma regressão?". Membro correspondente da Sociedade Patológica Sueca. Autor de 'Algumas aberrações do ativismo' (Lancet, 1882) e de 'Progredimos?' (Jornal de Psicologia, março de 1883). Médico das paróquias de Grimpen, Thorsley e High Barrow."

— Não há menção alguma à caça local, Watson — constatou Holmes com um sorriso maroto —, mas, sim, a um médico do interior, como você muito astutamente observou. Acredito que minhas deduções estão bem embasadas. Quanto aos adjetivos, listei, se bem me lembro, amável, sem ambição e distraído. Minha experiência me diz que, neste mundo, apenas um homem amável recebe homenagens, apenas um sem ambição abandona uma carreira em Londres para ir para o interior, e apenas um distraído deixa sua bengala, e não o seu cartão de visita, depois de esperar por uma hora em um escritório.

— E o cachorro?

— Tem o hábito de levar esta bengala atrás de seu dono. Sendo um bastão pesado, o cão o prende com firmeza pelo centro, razão de as marcas dos dentes serem bem visíveis. Na minha opinião, a mandíbula do animal, como mostram os espaços entre as marcas, é muito grande para um terrier e não bastante grande para um mastim. Poderia ser... Sim, por Júpiter, é um *spaniel* de pelo encaracolado.

Holmes, já em pé, andava de um lado para o outro enquanto falava. Então parou junto ao recuo da janela. Havia tal grau de convicção em sua voz que o olhei com ar surpreso.

— Meu caro amigo, como pode ter tanta certeza disso?

— Pela simples razão de ver o cachorro à nossa porta, e o dono está tocando a campainha. Peço-lhe encarecidamente que não se mova, Watson. Sua presença aqui pode ser útil para mim, visto ser o homem seu colega de profissão. Este é um instante dramático do destino, Watson, quando se ouvem na escada passos que estão entrando na sua vida, e não se sabe se para o bem ou para o mal. O que o Dr. James Mortimer, o homem da ciência, perguntará a Sherlock Holmes, o especialista em crimes? Entre!

A aparência do nosso visitante foi uma surpresa para mim, pois esperava um típico médico do interior. Era muito alto e magro, o nariz comprido como um bico projetando-se entre dois olhos cinzentos e aguçados, muito próximos, os quais brilhavam por trás dos óculos de aro dourado. Vestia-se de modo profissional, mas um tanto desleixado, com o casaco sujo e as calças surradas. Embora jovem, as costas longas já se curvavam, e andava lançando a cabeça para a frente, com aspecto geral de nobre benevolência. Ao entrar, seus olhos fitaram a bengala na mão de Holmes, e ele se apressou com uma exclamação de alegria.

— Estou muito feliz — disse. — Não tinha certeza se a havia deixado aqui ou na Agência Marítima. Não gostaria de perder essa bengala por nada neste mundo.

— Uma homenagem, pelo que vejo — afirmou Holmes.

— Sim, senhor.

— Do Charing Cross Hospital?

— De um ou dois amigos de lá por ocasião do meu casamento.

— Meu caro, isso é ruim! — disse Holmes, balançando a cabeça.

Por trás dos óculos, o Dr. Mortimer piscou com leve assombro.

— Por que ruim?

— Apenas porque o senhor arruinou nossas deduções. Seu casamento?

— Sim, senhor. Casei-me e então deixei o hospital, e com isso todas as esperanças de me especializar. Mas foi necessário para construir um lar para mim mesmo.

— Bem, bem, afinal não estamos tão errados — disse Holmes. — E, agora, Dr. James Mortimer...

— Doutor não. Senhor, apenas senhor... Um humilde M.R.C.S.[2]

— E, evidentemente, um homem de mente meticulosa.

— Um entusiasta da ciência, Sr. Holmes, um catador de conchas nas margens do grande e desconhecido oceano. Presumo que esteja me dirigindo ao Sr. Sherlock Holmes e não...

— Não, este é meu amigo Dr. Watson.

— Prazer em conhecê-lo, senhor. Ouvi seu nome vinculado ao de seu amigo. O senhor me interessa muito, Sr. Holmes. Dificilmente esperaria um crânio tão dolicocéfalo ou um desenvolvimento tão bem marcado de uma supraorbital. Permite que passe o dedo ao longo de sua fissura parietal? Um molde de seu crânio, senhor, até que o original esteja disponível, seria um ornamento para qualquer museu antropológico. Não é minha intenção ser exagerado, mas confesso que cobiço seu crânio.

Sherlock Holmes, gesticulando ao indicar uma cadeira para nosso estranho visitante, disse:

— Percebo que o senhor é um entusiasta do seu ramo assim como sou do meu — afirmou ele. — Percebo por seu dedo indicador que faz seus próprios cigarros. Não hesite em acender um.

O homem tirou papel e tabaco e enrolou um no outro com surpreendente destreza. Tinha dedos longos e trêmulos, tão ágeis e inquietos quanto as antenas de um inseto.

Holmes ficou em silêncio, mas as olhadelas que me dirigia indicavam seu interesse por nosso curioso companheiro.

---

[2] Member of the Royal College of Surgeons — Membro do Instituto Real de Cirurgiões. (N.T.)

— Presumo, senhor — disse finalmente —, que não foi apenas com o propósito de examinar meu crânio que me deu a honra de vir aqui ontem à noite e hoje de novo.

— Não, não, senhor, embora me sinta feliz pela oportunidade de fazer isso também. Vim até aqui, Sr. Holmes, porque reconheço que sou um homem pouco prático que, de repente, se depara com um problema muito sério e extraordinário. Reconhecendo, como reconheço, que o senhor é o segundo maior especialista da Europa...

— É mesmo, senhor? Permita-me perguntar-lhe quem tem a honra de ser o primeiro? — indagou Holmes com alguma aspereza.

— Para o homem de mente precisamente científica, o trabalho de monsieur Bertillon deve sempre ter um forte apelo.

— Então não seria melhor o senhor consultá-lo?

— Senhor, eu me referi a um homem de mente precisamente científica. Mas, como um homem prático, é reconhecido que ninguém se iguala ao senhor. Confio que não inadvertidamente...

— Só um minuto — interrompeu-o Holmes. — Acho, Dr. Mortimer, que seria melhor se, sem mais conversa, o senhor me fizesse a gentileza de dizer claramente qual a exata natureza do problema para o qual solicita minha ajuda.

A maldição dos Baskerville

— Tenho um manuscrito em meu bolso — explicou o Dr. James Mortimer.

— Notei quando o senhor entrou na sala — comentou Holmes.

— É um manuscrito antigo.

— Do início do século XVIII, a menos que seja uma falsificação.

— Como pode afirmar isso?

— Enquanto falava, o senhor me permitiu ver de dois a cinco centímetros dele. Seria um especialista medíocre se não conseguisse calcular a data de um documento considerando uma margem de uma década ou pouco mais. Talvez tenha lido minha pequena monografia sobre o assunto. Estimo que o manuscrito seja de 1730.

— O ano exato é 1742. — Dr. Mortimer o tirou do bolso do paletó. — Este documento de família foi confiado aos meus cuidados por Sir Charles Baskerville, cuja morte súbita e trágica, há cerca de três meses, criou muita comoção em Devonshire. Eu era amigo pessoal e também médico dele, um homem de personalidade forte, astuto, prático e tão sem imaginação quanto eu mesmo. No entanto, levou este documento muito a sério, e sua mente estava preparada para um fim como o que acabou por alcançá-lo.

Holmes estendeu a mão para o manuscrito e o desamassou sobre o joelho.

— Observe, Watson, o uso alternativo do "s" longo e do curto. É um dos vários indícios que me permitiram fixar a data.

Por cima do ombro dele, olhei para o papel amarelado e com escrita desbotada. No cabeçalho estava redigido: "Solar Baskerville", e abaixo, em grandes números desenhados, "1742".

— Parece um depoimento ou algo do tipo.

— Sim, é um relato sobre uma lenda que acompanha a família Baskerville.

— Mas entendo que o senhor deseja me consultar sobre alguma coisa mais atual e prática?

— Mais prática. Um assunto mais prático e urgente, que deve ser decidido dentro de vinte e quatro horas. Mas o manuscrito é curto e está intimamente ligado ao caso. Com sua permissão, vou lê-lo para o senhor.

Holmes recostou-se na cadeira, juntou as pontas dos dedos e fechou os olhos com ar resignado. O Dr. Mortimer, expondo o manuscrito à luz, leu a curiosa e antiga narrativa com voz alta e trêmula:

"Há muitos relatos sobre a origem do Cão dos Baskerville, mas como venho da linhagem direta de Hugo Baskerville, e como recebi a história de meu pai, que também a recebeu do seu, coloquei toda a crença de que ela ocorreu exatamente como está aqui descrito a seguir. E gostaria que vocês acreditassem, meus filhos, que a mesma justiça que pune o pecado também pode generosamente perdoá-lo, e que nenhuma pena é tão pesada que não possa, por meio da oração e do arrependimento, ser perdoada. Aprendam com esta história a não temer os frutos do passado, mas a serem prudentes no futuro, que as paixões desleais pelas quais nossa família sofreu tão terrivelmente não sejam novamente difundidas para a nossa ruína.

"Saibam, então, que na época da Grande Rebelião (história descrita pelo erudito lorde Clarendon, à qual sinceramente recomendo sua atenção), este Solar Baskerville era mantido por Hugo desse mesmo sobrenome, e ninguém nega que era um dos homens dos mais selvagens, profanos e ímpios. Isso, na verdade, seus vizinhos poderiam ter perdoado, visto que santos nunca floresceram naquelas paragens, mas havia nele um temperamento devasso e cruel que tornou seu nome famoso no Ocidente. Ocorreu de este Hugo vir a amar (se, de fato, uma paixão tão nefasta pode ser denominada por um nome tão luminoso) a filha de um pequeno proprietário de terras próximas da propriedade Baskerville.

"Mas a jovem donzela, prudente e de boa reputação, iria sempre evitá-lo, pois temia a má fama do homem. Então aconteceu que em um dia de festa de São Miguel, Hugo, com cinco ou seis de seus indolentes e perversos companheiros, roubou a donzela da fazenda durante a ausência do pai e irmãos dela, como ele bem sabia. Quando chegaram ao solar, a donzela foi colocada em um cômodo no andar superior, enquanto Hugo e seus amigos se preparavam para uma grande bebedeira, como faziam sempre durante as noites. O juízo da pobre moça no andar de cima parecia

transtornado pelo canto, pelos gritos e pelas terríveis imprecações que, vindo do andar de baixo, chegavam até ela, pois dizem que as palavras usadas por Hugo Baskerville quando estava embriagado eram tais que podiam amaldiçoar o homem que as pronunciasse. Por fim, apavorada, a moça fez o que poderia assustar o homem mais corajoso ou mais vigoroso, pois, com a ajuda da hera que crescera cobrindo (e ainda cobre) a parede sul, ela desceu pelos beirais e então fugiu para casa dos pais através da charneca, a qual ficava quinze quilômetros distante de Baskerville.

"Acontece que, pouco tempo depois, Hugo deixou seus convidados para levar comida e bebida, além, talvez, de outras coisas piores para sua prisioneira, e encontrou a gaiola vazia e o pássaro fugido. Então, ao que parece, ficou como se possuído por um demônio, pois, precipitando-se pelas escadas e chegando à sala de jantar, pulou sobre a grande mesa, vasilhas e pratos voando a sua frente, e gritou a plenos pulmões, diante de todos seus acompanhantes, que, naquela mesma noite, entregaria seu corpo e sua alma para as Forças do Mal se conseguisse alcançar a jovem. E enquanto os foliões se horrorizavam com a fúria do homem, um mais perverso, ou talvez mais bêbado do que o resto, gritou que deveriam colocar os cães atrás dela. Em vista disso, Hugo saiu correndo da casa, gritando que seus cavalariços selassem a égua que lhe pertencia e tirassem a matilha do canil, e então, pegando um lenço da moça, agitou-o para os cães e depois os liberou para a perseguição pela charneca sob a luz da lua.

"Por algum tempo, os foliões ficaram boquiabertos, incapazes de entender tudo o que foi feito com tanta pressa. Mas em instantes, o raciocínio confuso deles despertou para a natureza da ação prestes a acontecer na charneca. Tudo estava um alvoroço, alguns pedindo suas pistolas; outros, seus cavalos; e alguns, mais vinho. Mas, finalmente, algum juízo voltou para aquelas mentes enlouquecidas e todos, em número de treze, pegaram os cavalos e iniciaram a perseguição. A lua brilhava clara acima

deles, e seguiam rapidamente, lado a lado, pelo caminho que a moça devia ter tomado para chegar a sua casa.

"*Haviam percorrido por volta de dois quilômetros quando passaram por um dos pastores noturnos nas charnecas e gritaram para saber se ele tinha visto a perseguição. E o homem, como conta a história, tão perturbado de medo que mal conseguia falar, finalmente disse que, de fato, vira a infeliz donzela com os cães em seu encalço. 'Mas vi mais do que isso', disse ele, 'pois Hugo Baskerville passou por mim sobre sua égua negra, e correndo atrás dele havia como que um cão do inferno, e Deus me livre de tê-lo em meus calcanhares'.*

"*Então os cavaleiros bêbados amaldiçoaram o pastor e seguiram em frente. Mas logo ficaram gelados, pois ouviram um galopar ecoando na charneca, e a égua negra, salpicada com uma espuma branca, passou arrastando a guia e com a sela vazia. Então os foliões se aproximaram e cavalgaram juntos, pois um grande medo envolveu-os, mas ainda continuaram seguindo pela charneca, embora cada um, se estivesse sozinho, ficasse feliz em virar a cabeça de seu cavalo para o lado oposto. Cavalgando lentamente, enfim alcançaram os cães. Estes, ainda que conhecidos por sua coragem e sua raça, ganiam agrupados na beira de um declive profundo ou uma ravina, alguns pulando e outros com o pelo eriçado e olhos fixos, olhando para o estreito vale diante deles.*

"*O grupo tinha parado, os homens mais sóbrios, como se pode imaginar, do que quando haviam iniciado a cavalgada. A maioria não avançaria de modo algum, mas três deles, os mais ousados, ou talvez os mais bêbados, cavalgaram para a ravina. Agora, ela se abria em um amplo espaço em que havia duas daquelas grandes pedras, que ainda podem ser vistas lá, ali colocadas por algum povo esquecido da antiguidade. A lua brilhava sobre a clareira, e lá no centro estava a infeliz donzela, onde havia caído, morta pelo medo e pela fadiga. Mas não foi a visão daquele corpo, nem ainda a do corpo de Hugo Baskerville caído perto dela, que arrepiou o cabelo dos três ousados fanfarrões, mas a visão horrível daquilo de pé sobre Hugo; e arrancando sua garganta, uma grande fera negra com a silhueta de um cão de caça, ainda maior do que qualquer cão que os olhos de um mortal já viram. E, enquanto olhavam, aquela coisa arrancou a garganta de Hugo Baskerville e então, quando virou os olhos ardentes e as mandíbulas pingando sangue para eles, os três gritaram de medo e cavalgaram pela charneca por suas vidas, ainda gritando. Um, dizem, morreu naquela mesma noite em função da cena que havia vislumbrado, e os outros dois não foram mais que homens acabados pelo resto de seus dias.*

"Assim é a história, meus filhos, do aparecimento do cão que dizem atormentar a família tão dolorosamente desde então. Relatei-a, pois o que é claramente conhecido inspira menos terror do que aquilo que é nada mais que sugerido ou imaginado. Também não se pode negar que muitos da família foram infelizes em suas mortes, todas repentinas, sangrentas e misteriosas. No entanto, podemos nos abrigar na infinita bondade da Providência, que não puniria para sempre os inocentes além da terceira ou quarta geração que é ameaçada na Sagrada Escritura. A essa Providência, meus filhos, eu os confio, e aconselho-os, por questão de cautela, a abster-se de atravessar a charneca em horas sombrias, quando os poderes do mal estão exaltados."

(De Hugo Baskerville a seus filhos Rodger e John, com a instrução de que nada contem à sua irmã Elizabeth.)

Quando o Dr. Mortimer terminou a leitura dessa narrativa tão peculiar, empurrou os óculos para a testa e olhou para o Sr. Sherlock Holmes, que bocejou e jogou a ponta do cigarro na lareira.

— Então? — perguntou Holmes.

— O senhor não acha a história interessante?

— Para um colecionador de contos de fadas.

O Dr. Mortimer tirou um jornal dobrado do bolso.

— Agora, Sr. Holmes, vamos a algo um pouco mais recente. Este é o *Devon County Chronicle* de 14 de maio deste ano. Traz um breve relato dos fatos descobertos sobre a morte de Sir Charles Baskerville, ocorrida alguns dias antes dessa data.

Meu amigo inclinou-se um pouco para a frente, a expressão interessada. Nosso visitante reajustou os óculos e começou:

"A recente e súbita morte de Sir Charles Baskerville, cujo nome foi mencionado como o provável candidato liberal para Mid-Devon na próxima eleição, cobriu de tristeza o condado. Embora Sir Charles tivesse residido no Solar Baskerville por um período relativamente curto, seu caráter amável e extrema generosidade haviam conquistado o afeto e o respeito de todos que com ele conviveram. Nestes dias de nouveaux riches, é alentador encontrar um caso em que o descendente de uma antiga família do condado, abatida pela desgraça, é capaz de construir sua própria fortuna e trazê-la consigo para restaurar a grandeza perdida de sua linhagem. Sir Charles, como é bem conhecido, ganhou vultosas somas de dinheiro em negócios arriscados na África do Sul. Mais sábio do que aqueles que continuam até a roda da fortuna se voltar contra eles, reuniu seus ganhos e retornou para a Inglaterra. Fazia apenas dois anos que morava no Solar Baskerville, e era de conhecimento geral a grandeza dos projetos de reconstrução e melhoria que foram interrompidos com sua morte. Não tendo filhos, exprimiu o desejo de que, enquanto vivesse, toda a região deveria lucrar com sua fortuna, e muitos terão motivos pessoais para lamentar o fim prematuro de Sir Charles. Suas generosas doações para instituições de caridade locais e do condado foram frequentemente registradas nestas colunas.

"Não se pode dizer que as circunstâncias relacionadas à morte de Sir Charles tenham sido inteiramente esclarecidas pelo inquérito, mas pelo menos eliminaram os rumores a que a superstição local deu origem. Não há razão para se suspeitar de um crime

ou imaginar que a morte possa ter decorrido por causa diferente de natural. Sir Charles era viúvo e um homem de quem se pode dizer cultivar hábitos excêntricos. Apesar de sua considerável riqueza, seus gostos pessoais eram simples, e seus criados no solar consistiam em um casal de nome Barrymore, o marido trabalhando como mordomo, e a esposa como governanta. O testemunho de ambos, corroborado pelos de vários amigos, tende a mostrar que a saúde de Sir Charles estava debilitada já havia algum tempo e indicava especialmente para algum problema no coração, que se manifestava por mudanças do tom da pele, falta de ar e ataques agudos de depressão. O Dr. James Mortimer, amigo e médico particular do falecido, deu depoimento com o mesmo teor.

"Os fatos do caso são simples. Sir Charles Baskerville tinha o hábito de, todas as noites, antes de se deitar, andar na famosa alameda de teixos[3] do solar. O depoimento dos Barrymore relata que isso era costume dele. Em 4 de maio, Sir Charles declarara sua intenção de partir no dia seguinte para Londres e ordenara a Barrymore que preparasse sua bagagem. Naquela noite, saiu como de costume para o seu passeio noturno, no curso do qual tinha o hábito de fumar um charuto. E não voltou. À meia-noite, Barrymore, alarmado por encontrar a porta do solar ainda aberta, com um lampião partiu em busca de seu senhor. Como o dia estava úmido, as pegadas de Sir Charles foram facilmente localizadas. No meio do caminho, há um portão que leva à charneca. Havia indícios de que Sir Charles ficara por algum tempo ali. Ele então seguiu pela alameda, e foi no final dela que encontrou o corpo. Um aspecto não explicado é a afirmação de Barrymore de que as pegadas de seu senhor mudaram de forma a partir do momento em que ultrapassou o portão para a charneca, e que parecia que dali em diante ele andara na ponta dos pés. Murphy, um negociante cigano de cavalos, estava na charneca a pouca distância naquela hora, mas parece que, segundo confessou,

---

[3] Teixo é o nome popular de uma árvore da família das Taxáceas, originária da região mediterrânea e do sudoeste da Ásia. (N.T.)

sentia-se mal devido à bebida. Ele declara que ouviu gritos, mas é incapaz de afirmar de que direção vieram. Não se constatou sinal algum de violência no corpo de Sir Charles e, embora a declaração do médico apontasse para uma distorção facial quase inacreditável — tão intensa que o Dr. Mortimer a princípio se recusou a acreditar que fosse de fato seu amigo e paciente ali diante dele —, o fenômeno foi explicado como um sintoma não incomum em casos de dispneia e morte por insuficiência cardíaca. O exame post-mortem corroborou tal explicação, apontando problemas de longa data no órgão, e o parecer do exame do legista foi ao encontro do feito pelo relatório médico. É bom que assim seja, pois obviamente representa um fato da maior importância que o herdeiro de Sir Charles se estabeleça no solar e continue o bom trabalho tão tristemente interrompido. Se a conclusão do legista não tivesse finalmente posto fim às histórias românticas sussurradas em conexão com o caso, poderia ser difícil encontrar um inquilino para o Solar Baskerville. Entende-se que o parente mais próximo é o Sr. Henry Baskerville, se ainda estiver vivo, filho do irmão mais novo de Sir Charles Baskerville. O rapaz, quando se ouviu falar dele pela última vez, estava na América, e efetuam-se averiguações com o objetivo de informá-lo de sua boa sorte."

O Dr. Mortimer dobrou novamente o jornal e o recolocou no bolso.

— Esses são os fatos públicos, Sr. Holmes, ligados à morte de Sir Charles Baskerville.

— Devo agradecer-lhe — disse Sherlock Holmes — por chamar minha atenção para um caso que, certamente, apresenta algumas características de interesse. Eu havia observado algum comentário jornalístico na época, mas, extremamente preocupado com aquele pequeno caso dos camafeus do Vaticano, em minha ansiedade de atender o papa, perdi contato com vários casos ingleses interessantes. O senhor acha que esse artigo registra todos os fatos públicos?

— Sim.

— Então, deixe-me conhecer os privados. — Inclinando-se para trás, ele juntou as pontas dos dedos e assumiu uma expressão impassível e reflexiva.

— Ao fazer isso — disse o Dr. Mortimer, que começara a mostrar alguns sinais de forte emoção —, estou contando algo que não confiei a ninguém. Motivou-me ocultar isso do questionamento do legista o fato de que um homem da ciência se esquiva de se colocar na posição pública de avaliar uma superstição popular. Além disso, houve ainda o motivo de que o Solar Baskerville, como diz o jornal, certamente permaneceria desocupado caso se fizesse algo que agravasse sua já sombria reputação. Por essas duas razões, achei justificável contar muito menos do que sabia, pois nenhum bem prático poderia resultar disso, mas, com o senhor, não há razão para que eu não seja franco.

"A charneca é muito pouco habitada e os que moram próximos uns dos outros são muito unidos. Por esse motivo, conheci boa parte daqueles que se relacionavam com Sir Charles Baskerville. Com exceção do Sr. Frankland, da Casa Lafter, e do Sr. Stapleton, o naturalista, não há outros homens instruídos em muitos quilômetros. Sir Charles era reservado, mas sua doença nos uniu e um conjunto de interesses na ciência nos manteve assim. Ele trouxe muitas informações científicas da África do Sul e passamos noites bem agradáveis discutindo a anatomia comparativa entre o bosquímano e o hotentote.

"Nos últimos meses, ficou cada vez mais evidente para mim que o sistema nervoso de Sir Charles estava abalado a ponto de um colapso. Ele havia incorporado de tal modo essa lenda que li com excesso de paixão que, embora andasse em seu próprio terreno, nada o induziria a sair para a charneca à noite. Por mais incrível que lhe pareça, Sr. Holmes, ele estava sinceramente convencido de que um destino terrível pairava sobre sua família, e com certeza seus relatos sobre os membros antepassados não eram encorajadores. A ideia de alguma presença medonha constantemente o assombrava e, em mais de uma ocasião, ele me perguntou se eu, em meus atendimentos médicos à noite, já havia visto alguma criatura estranha ou ouvido o ladrar de um cão. Essa última pergunta me foi feita por ele várias vezes, sempre com um tom de voz que vibrava de agitação.

"Lembro-me bem de me dirigir à casa de Sir Charles à noite, umas três semanas antes do evento fatal. Ele, por acaso, postava-se na porta do solar. Desci do meu trole e estava em pé, na frente dele, quando vi seus olhos se fixarem acima do meu ombro, fitando algo além de mim com uma expressão do mais terrível horror. Virei-me e tive tempo apenas de vislumbrar o que imaginei ser um grande bezerro preto passando pela frente do caminho de entrada. Ele ficou tão agitado e apreensivo, que fui obrigado a ir até o local onde vira o animal na tentativa de vê-lo de novo. No entanto, ele se fora, e o incidente pareceu causar uma péssima impressão na mente de Sir Charles. Permaneci com ele a noite toda, ocasião em que, para explicar a comoção que demonstrara, me confidenciou a narrativa que li para os senhores quando cheguei. Menciono esse pequeno episódio porque ele assume alguma importância em vista da tragédia que se seguiu, embora na época eu me sentisse bem convencido de que o assunto era totalmente trivial e que a agitação dele não tinha justificativa.

"Foi a meu conselho que Sir Charles iria para Londres. Eu sabia que seu coração estava afetado e a ansiedade constante em que vivia, por mais quimérica que fosse a causa, evidentemente agravava sua saúde. Pensei que alguns meses entre as distrações da cidade o fariam voltar um novo homem.

Stapleton, um amigo comum que também se preocupava com o estado de saúde de Sir Charles, compartilhava a mesma opinião. Mas, então, no último instante, ocorreu aquela terrível catástrofe.

"Na noite da morte de Sir Charles, Barrymore, o mordomo, aquele que descobriu o corpo, mandou o cavalariço Perkins, a cavalo, me buscar, e como fico acordado até tarde, consegui chegar ao Solar Baskerville uma hora depois do ocorrido. Verifiquei e corroborei todos os fatos que foram mencionados no inquérito. Segui as pegadas pela alameda de teixos, vi o local no portão onde ele parecia ter ficado, observei a mudança na forma das pegadas depois desse ponto, notei que no cascalho macio não havia outros passos além dos de Barrymore e, finalmente, examinei com todo cuidado o corpo, que não fora tocado até minha chegada. Sir Charles estava deitado de bruços, os braços afastados do corpo, os dedos cavados no chão, e as feições tão transfiguradas por alguma emoção forte que eu mal pude confirmar sua identidade. Realmente, não havia qualquer dano físico. Mas Barrymore fez uma declaração falsa no inquérito. Ele afirmou que não havia vestígios no chão ao redor do corpo; não observara nenhum. Eu, no entanto, os vi a uma pequena distância, mas recentes e claros."

— Pegadas?

— Pegadas.

— Um homem ou uma mulher?

Por um instante, o Dr. Mortimer olhou-nos de forma misteriosa, e seu tom de voz baixou para quase um sussurro quando respondeu:

— Sr. Holmes, eram pegadas de um cão gigantesco!

3

O problema

Confesso que um arrepio percorreu meu corpo. Na voz do médico, havia um tom que demonstrava estar ele profundamente comovido pelo que nos contara. Holmes inclinou-se para frente, entusiasmado, os olhos brilhando, fixos e firmes, característica de quando se sentia profundamente interessado.

— O senhor viu as pegadas?

— Tão claramente quanto o vejo agora.

— E não disse nada?

— Que utilidade teria?

— Como mais ninguém as viu?

— Estavam a uns vinte metros do corpo e ninguém lhes deu atenção. Suponho que também eu não lhes teria dado importância se não conhecesse a lenda.

— Há muitos cães pastores na charneca?

— Sem dúvida, mas não eram de um cão de caça.

— O senhor diz que eram grandes?

— Enormes.

— Mas não se aproximou do corpo?

— Não.

— Como estava a noite?

— Úmida e fria.

— Mas não chovendo?

— Não.

— Como é a alameda?

— Há duas fileiras de sebes de teixo velho, com aproximadamente três metros e meio de altura, impenetráveis. A passagem no centro tem cerca de dois metros e meio de largura.

— Existe alguma coisa entre as sebes e a passagem?

— Sim, uma faixa de grama com cerca de dois metros de largura em ambos os lados.

— Então, é válido que se entenda ser a sebe de teixo interrompida em um ponto por um portão?

— Sim, o portão que leva à charneca.

— Existe alguma outra abertura?

— Nenhuma.

— Desse modo, para entrar na alameda de teixos é preciso vir da casa ou entrar pela charneca?

— Há uma saída por uma casa de veraneio na outra extremidade.

— Sir Charles chegou até lá?

— Não, ele estava a uns cinquenta metros dela.

— Agora me diga, Dr. Mortimer, e isso é importante: as pegadas que viu estavam no caminho, mas não na grama?

— Nenhuma pegada podia ser vista na grama.

— Elas estavam do mesmo lado do caminho que o portão da charneca?

— Sim, estavam à beira do caminho, do mesmo lado do portão.

— O senhor me deixa extremamente interessado. Outro ponto: o portão da charneca estava fechado?

— Fechado e com cadeado.

— Qual a altura dele?

— Cerca de um metro e meio.

— Então qualquer um conseguiria pulá-lo?

— Sim.

— E que pegadas o senhor viu junto ao portão?

— Nenhuma em particular.

— Pelos céus! Ninguém examinou?

— Sim, eu examinei.

— E não encontrou nada?

— Foi tudo muito confuso. Sir Charles aparentemente ficou ali por cinco ou dez minutos.

— Como o senhor sabe disso?

— Porque as cinzas de seu charuto tinham caído duas vezes.

— Excelente! Este é um colega, Watson! Raciocinamos da mesma maneira. Mas as pegadas?

— Ele havia deixado suas próprias pegadas por todo aquele pequeno trecho de cascalho. Não percebi nenhuma outra.

Sherlock Holmes bateu com a mão no joelho em um gesto impaciente.

— Se eu estivesse lá! — exclamou. — Evidentemente, trata-se de um caso de extraordinário interesse e que apresentou gigantescas oportunidades para um especialista científico. Aquele trecho de cascalho sobre o qual eu poderia ter decifrado tantas coisas depois desse tempo todo já ficou maculado pela chuva e desfigurado pelo pisar de camponeses curiosos. Oh, Dr. Mortimer, Dr. Mortimer, e pensar que o senhor deveria ter me chamado! O senhor realmente tem muito a responder.

— Eu não poderia chamá-lo, Sr. Holmes, sem divulgar esses fatos para o mundo, e já expliquei minhas razões para não desejar fazê-lo. Além disso, além de...

— Por que o senhor hesita?

— Há um universo onde o mais astuto e experiente dos detetives se torna desamparado.

— Está dizendo que a coisa é sobrenatural?

— Não afirmei isso.

— Não, mas evidentemente pensa desse modo.

— Desde a tragédia, Sr. Holmes, chegaram aos meus ouvidos vários incidentes difíceis de serem conciliados com a ordem estabelecida da natureza.

— Por exemplo?

— Descobri que, antes do terrível acontecimento, várias pessoas tinham visto uma criatura na charneca que corresponde a esse demônio de Baskerville, que não poderia ser qualquer animal conhecido pela ciência. Todos concordaram que era uma criatura imensa, fulgurante, sinistra e espectral. Interroguei aqueles homens, um deles um camponês sério, um ferreiro e um fazendeiro da charneca, e todos contaram a mesma história dessa terrível aparição, correspondendo exatamente ao cão infernal da lenda. Garanto-lhe que há um reino de terror no distrito e que só um homem audacioso atravessaria a charneca à noite.

— E o senhor, um experiente homem da ciência, acredita que lá exista algo sobrenatural?

— Não sei em que acreditar.

Holmes encolheu os ombros.

— Até agora restringi minhas investigações a este mundo — disse. — De maneira modesta, tenho combatido o mal, mas enfrentar o próprio Pai do Mal talvez seja uma tarefa muito ambiciosa. No entanto, o senhor deve admitir que a pegada é material.

— O cão era material o bastante para arrancar a garganta de um homem, e ainda assim era também diabólico.

— Vejo que o senhor assumiu realmente o lado dos que creem no sobrenatural. Mas agora, Dr. Mortimer, me responda. Se tem essas opiniões, por que veio me consultar? Afinal, ao mesmo tempo em que me diz ser inútil investigar a morte de Sir Charles, deseja que eu assim o faça.

— Não disse que desejava que a investigasse.

— Então, como posso ajudá-lo?

— Aconselhando-me sobre o que devo fazer com Sir Henry Baskerville, que chega à Estação de Waterloo — Dr. Mortimer olhou para o relógio — em exatamente uma hora e quinze minutos.

— Ele é o herdeiro?

— Sim. Com a morte de Sir Charles, procuramos esse jovem cavalheiro e descobrimos que era fazendeiro no Canadá. Pelas informações que nos chegaram, é uma excelente pessoa em todos os sentidos. Falo agora não como médico, mas como curador e executor do testamento de Sir Charles.

— Presumo, então, que não haja outro herdeiro?

— Nenhum. O único outro parente que conseguimos localizar foi Rodger Baskerville, o mais novo dos três irmãos dos quais o pobre Sir Charles era o mais velho. O segundo irmão, que morreu jovem, é o pai desse rapaz, Henry. O terceiro, Rodger, era a ovelha negra da família. Ele veio da antiga e magistral linhagem de Baskerville e representava a própria imagem, conforme me contaram, da foto de família do velho Hugo. Tornou sua vida na Inglaterra impossível para si e fugiu para a América Central, onde morreu em 1876, de febre amarela. Henry é o último dos Baskerville. Em uma hora e cinco minutos, eu o encontrarei na Estação de Waterloo. Recebi um telegrama de que ele chegou a Southampton esta manhã. Agora, Sr. Holmes, o que me aconselha a fazer com Sir Henry?

— Por que o jovem não deveria ir para a casa de seus antepassados?

— Parece natural que ele vá, não é? Mas considere que todo Baskerville encontra um destino maligno naquela propriedade. Tenho certeza de que, se Sir Charles pudesse ter falado comigo antes de falecer, teria me alertado a não levar o sobrinho, o último da antiga estirpe e herdeiro de grande riqueza, para aquele mortífero lugar. E, no entanto, não se pode negar que a prosperidade de toda aquela pobre e sombria região depende da presença dele ali. Todo o bom trabalho que foi feito por Sir Charles estará perdido se não houver nenhum morador no solar. Temo que eu seja muito influenciado pelo meu óbvio interesse no assunto, e é por isso que lhe apresento o caso e peço seu conselho.

Holmes considerou a situação por algum tempo até dizer:

— Colocando de forma simples, ocorre o seguinte: na sua opinião, há uma entidade diabólica que torna Dartmoor uma morada insegura para um Baskerville... É isso?

— Pelo menos posso dizer que há alguma evidência de que talvez seja verdade.

— Pois bem. Mas, certamente, se a sua teoria sobrenatural estiver correta, isso poderia afetar o jovem em Londres tão facilmente quanto em Devonshire. Um demônio com poderes meramente locais, como uma sacristia paroquial, seria muito improvável.

— O senhor coloca o assunto de forma muito mais irreverente do que provavelmente faria se tivesse contato pessoal com aquelas coisas. Portanto, pelo que entendi, seu conselho é que o jovem estará tão seguro em Devonshire quanto em Londres. Ele chega em cinquenta minutos. O que recomendaria?

— Recomendo, senhor, que chame um carro de aluguel, pegue seu cão spaniel que está arranhando minha porta de entrada e vá até Waterloo para se encontrar com Sir Henry Baskerville.

— E depois?

— Não lhe diga nada até que eu tenha decidido o que fazer.

— De quanto tempo o senhor precisará para decidir?

— Vinte e quatro horas. Às dez horas amanhã, Dr. Mortimer, ficarei muito grato se me procurar aqui, e será de grande ajuda para mim em meus planos para o futuro se trouxer consigo Sir Henry Baskerville.

— Farei isso, Sr. Holmes. — Ele anotou a hora marcada no punho da camisa e caminhou apressadamente em seu estranho jeito curioso e distraído. Holmes o deteve no alto da escada.

— Só mais uma pergunta, Dr. Mortimer. O senhor diz que antes da morte de Sir Charles Baskerville algumas pessoas viram essa aparição na charneca?

— Três pessoas.

— Alguém viu depois?

— Não soube de ninguém.

— Obrigado. Tenha um excelente dia.

Holmes voltou ao seu lugar com aquele olhar calmo de satisfação interior, o que significava que antevia uma tarefa agradável diante de si.

— Já vai, Watson?

— A menos que eu possa ajudá-lo.

— Não, meu caro amigo, é na hora da ação que me volto a você em busca de ajuda. Mas isso é esplêndido, realmente único sob alguns pontos de vista. Quando você passar por Bradley, pode pedir que me enviem um quilo do tabaco mais forte? Obrigado. Seria bom também, se for conveniente, que volte antes do anoitecer. Então em muito me alegraria compararmos nossas impressões sobre esse problema tão interessante que nos foi apresentado esta manhã.

Eu sabia que o isolamento e a solidão eram elementos fundamentais para meu amigo naquelas horas de intensa concentração mental, durante as quais pesava cada partícula de evidência, construía teorias alternativas, confrontava uma contra a outra e decidia quais eram os pontos essenciais e quais os irrelevantes. Portanto, passei o dia no meu clube e não retornei a Baker Street até a noite. Eram quase nove horas quando cheguei à sala de estar mais uma vez.

Ao abrir a porta, minha primeira impressão foi de que havia ocorrido um incêndio ali, pois a sala estava tão cheia de fumaça que embaçava a luz da lamparina sobre a mesa. Porém, assim que entrei, meus temores se tranquilizaram, pois foram os vapores acres do tosco e forte tabaco que me irritaram a garganta e me fizeram tossir. Através do nevoeiro, tive uma vaga visão de Holmes em seu roupão, encolhido em uma poltrona com o cachimbo preto de barro entre os lábios. Vários rolos de papel se espalhavam ao redor dele.

— Resfriou-se, Watson? — perguntou-me.

— Não, é essa atmosfera venenosa.

— Suponho mesmo que esteja muito espessa, agora que você mencionou.

— Espessa?! Está insuportável.

— Então abra a janela! Percebo que esteve o dia todo em seu clube.

— Meu caro Holmes!

— Estou certo?

— Claro, mas como soube?

Ele riu da minha expressão perplexa.

— Há uma deliciosa espontaneidade em você, Watson, o que torna um prazer exercitar todos meus pequenos poderes à sua custa. Um cavalheiro sai em um dia chuvoso e lamacento. Retorna à noite imaculado, com chapéu e botas ainda brilhando. Portanto, ele ficou no mesmo local durante todo o dia. Não é um homem com amigos íntimos. Onde, então, poderia ter ficado? Não é óbvio?

— Bem, é bastante óbvio.

— O mundo está cheio de coisas óbvias que ninguém, nem por acaso, observa. Onde acha que eu estive?

— No mesmo local também.

— Pelo contrário, estive em Devonshire.

— Em espírito?

— Exatamente. Meu corpo permaneceu nesta poltrona e, lamento ter observado, consumi na minha ausência dois grandes bules de café e uma incrível quantidade de tabaco. Depois que você partiu, solicitei a Stamford's o mapa topográfico dessa parte da charneca e meu espírito pairou sobre ele o dia todo. Fico lisonjeado por ter conseguido descobrir meu caminho.

— Presumo que um mapa em escala grande?

— Muito grande.

Ele desenrolou uma parte e o apoiou sobre o joelho.

— Aqui você tem o distrito que nos interessa. Aquele no meio é o Solar Baskerville.

— Com um bosque ao redor?

— Exatamente. Imagino que a alameda de teixos, embora não esteja identificada sob esse nome, deva estender-se ao longo dessa linha, com a charneca, como se percebe, à direita. Este pequeno aglomerado de construções aqui é o povoado de Grimpen, onde nosso amigo, Dr. Mortimer, tem seu consultório. Num raio de oito quilômetros, como vê, há apenas algumas poucas e dispersas habitações. Aqui está o Solar Lafter, citado na narrativa. Esta residência que aparece aqui pode ser a casa do naturalista... Stapleton, esse era o nome dele se bem me lembro. Aqui estão duas fazendas da charneca, High Tor e Foulmire. Então, a uns vinte e dois quilômetros de distância, a grande penitenciária de Princetown. Entre e ao redor desses pontos dispersos se estende a desolada e fria charneca. Portanto, este é o palco onde a tragédia aconteceu e no qual pode ser que ajudemos a acontecer mais uma vez.

— Deve ser um lugar selvagem.

— Sim, o cenário é digno do termo. Se o diabo desejasse ter um lugar para fazer negócios com os homens...

— Então você está inclinado a aceitar a explicação sobrenatural.

— Os agentes do diabo podem ser de carne e osso, não é? Em um primeiro momento, há duas questões esperando-nos: a primeira é descobrir se algum crime foi cometido; a segunda é qual foi o crime e como foi cometido? É evidente que, se a suposição do Dr. Mortimer estiver correta e estivermos lidando com forças que extravasam as leis normais da Natureza, será o fim de nossa investigação. Mas somos obrigados a esgotar todas as outras hipóteses antes de voltarmos a essa. Se você não se importa, acho que devemos fechar a janela novamente. É algo peculiar, mas considero que uma atmosfera mais concentrada ajuda a concentrar o pensamento. Não exagero a ponto de querer pensar dentro de uma caixa, mas esse é o resultado lógico de minhas convicções. Pensou no caso?

— Sim, pensei muito nele no decorrer do dia.

— E o que acha?

— É muito desconcertante.

— Certamente, tem características bem próprias. Algumas peculiaridades. Essa mudança nas pegadas, por exemplo. O que acha disso?

— Mortimer disse que o homem andou na ponta dos pés naquela parte da alameda.

— Ele só repetiu o que algum idiota contou no inquérito. Por que um homem andaria na ponta dos pés pela alameda?

— O que houve então?

— Ele estava correndo, Watson... Desesperadamente, correndo por sua vida, correndo até que seu coração explodiu... e caiu de bruços, morto.

— Mas correndo de quê?

— Aí está nosso problema. Há indícios de que o homem estava enlouquecido de medo antes mesmo de começar a correr.

— Por que diz isso?

— Estou presumindo que a causa do medo chegou pela lateral da charneca. Se assim foi, o que parece mais provável, só um homem que perdeu o juízo teria se afastado da casa em vez de ir na direção dela. Se a declaração do cigano pode ser considerada verdadeira, ele correu gritando por socorro na direção em que a ajuda era menos provável. Então, novamente, a quem ele estava esperando naquela noite e por que ele o fazia na alameda de teixos, e não em sua própria casa?

— Você acha que ele estava esperando alguém?

— O homem era idoso e enfermo. Podemos entender que fizesse um passeio noturno, mas o solo estava úmido e a noite, inclemente. É natural ele permanecer ali por cinco ou dez minutos, como o Dr. Mortimer, com um senso prático maior do que o que eu poderia lhe dar crédito, deduziu pelas cinzas de charuto?

— Mas ele saía todas as noites.

— Acho improvável que todas as noites ele esperasse alguém no portão da charneca. Pelo contrário, a evidência indica que evitava a charneca. Naquela noite, anterior à sua partida para Londres, ele esperou lá. A coisa toma forma, Watson. Torna-se coerente. Permita-me pedir-lhe que me passe o meu violino e adiemos toda a reflexão sobre esse assunto até que tenhamos o benefício de nos encontrar com o Dr. Mortimer e Sir Henry Baskerville pela manhã.

4

Sir Henry Baskerville

Tomamos cedo nosso café da manhã, e Holmes, em seu roupão, esperou pela conversa prometida. Nossos clientes foram pontuais em seu compromisso, pois o relógio acabara de tocar quando o Dr. Mortimer chegou, acompanhado pelo jovem baronete. Sir Henry era baixo, alerta, olhos escuros, aproximadamente trinta anos de idade, constituição muito robusta, grossas sobrancelhas negras e um rosto forte e belicoso. Usava um terno de *tweed* avermelhado e tinha a aparência de quem passava a maior parte do tempo ao ar livre, e ainda assim havia algo em seu olhar firme e na segurança tranquila de sua atitude que indicava um cavalheiro.

— Este é Sir Henry Baskerville — disse o Dr. Mortimer.

— Sim — disse ele —, e o estranho, Sr. Sherlock Holmes, é que, se meu amigo aqui não tivesse proposto virmos até o senhor esta manhã, eu teria vindo por conta própria. Sei que o senhor resolve pequenos mistérios, e vivi um nesta manhã que extrapola minha capacidade de reflexão.

— Por favor, sente-se, Sir Henry. Entendi que o senhor disse ter vivido uma experiência notável ao chegar a Londres?

— Nada de muita importância, Sr. Holmes. Apenas uma brincadeira, ou talvez não. Foi esta carta, se posso denominá-la assim, que chegou até mim hoje de manhã.

Ele colocou um envelope sobre a mesa e todos nos inclinamos sobre ele. Era de qualidade comum, cor acinzentada. O endereço, "Sir Henry Baskerville, Hotel Northumberland", foi escrito em letras grosseiras; o carimbo de correio da Charing Cross e data de postagem da noite do dia anterior.

— Quem sabia que o senhor ia para o Hotel Northumberland? — perguntou Holmes, fitando atentamente nosso visitante.

— Ninguém poderia saber. Só decidimos depois que o Dr. Mortimer e eu nos encontramos.

— Mas, sem dúvida, o Dr. Mortimer já estava lá?

— Não, eu me hospedara lá com um amigo — respondeu o médico.

— Não havia indicação de que pretendíamos ir para esse hotel.

— Hum! Alguém parece profundamente interessado em seus movimentos. — Do envelope, tirou meia folha de papel ofício dobrada em quatro, abriu-a e espalhou-a sobre a mesa. No meio dela, uma única frase fora formada colando palavras impressas. Dizia:

"Se você valoriza sua vida ou sua razão, mantenha-se longe da charneca."

Só a palavra "charneca" estava escrita com tinta.

— Agora — disse Sir Henry Baskerville —, talvez me diga, Sr. Holmes, qual é o significado disso e quem se interessa tanto por meus assuntos?

— O que o senhor acha, Dr. Mortimer? Concorda que não haja, de forma alguma, algo de sobrenatural nessa situação toda?

— Não, senhor, mas pode muito bem ter vindo de alguém convencido de que o assunto é sobrenatural.

— Que assunto? — perguntou Sir Henry bruscamente. — Parece-me que os senhores sabem muito mais do que eu sobre meus próprios assuntos.

— O senhor vai se inteirar de nosso conhecimento antes de sair desta sala, Sir Henry. Prometo-lhe — disse Sherlock Holmes. — Por ora nos limitaremos, com sua permissão, a este documento muito interessante, que deve ter sido preparado e postado ontem à noite. Você tem o *Times* de ontem, Watson?

— Está aqui ao lado.

— Pode se dar ao incômodo de... passar-me a página interna, por favor, com os editoriais? — Holmes correu os olhos por ele rapidamente, verificando as colunas. — Artigo importante este sobre o livre comércio. Permita-me dar-lhe um resumo dele.

"Você pode ser persuadido a imaginar que o seu próprio negócio ou sua própria indústria serão incentivados por uma tarifação protetora, mas é lógico que, em longo prazo, tal legislação deverá manter a riqueza longe do país, diminuir o valor de nossas importações e reduzir as condições gerais de vida nesta ilha."

— O que acha disso, Watson? — Holmes gritou com entusiasmo, esfregando as mãos em um gesto de satisfação. — Não é uma posição admirável?

O Dr. Mortimer olhou para Holmes com uma expressão de interesse profissional, e Sir Henry Baskerville virou para mim um par de olhos confusos.

— Não entendo muito de tarifas e coisas desse tipo — Watson respondeu —, mas parece que estamos fugindo um pouco do que diz respeito a essa mensagem.

— Pelo contrário, penso estarmos particularmente na direção certa, Sir Henry. Watson aqui sabe mais sobre meus métodos do que o senhor, mas temo que nem ele tenha compreendido a importância dessa frase.

— Não, confesso que não vejo conexão.

— E, no entanto, meu caro Watson, existe uma conexão tão íntima que uma é extraída da outra. "Você", "seu", "seu", "vida", "razão", "valor", "manter longe", "do". Não vê agora de onde essas palavras foram tiradas?

— Pelos céus, o senhor está certo! Ora, isso sim é ser perspicaz! — exclamou Sir Henry.

— Se resta alguma dúvida, ela é resolvida pelo fato de que "manter longe" e "do" foram cortadas em um único pedaço.

— Bem, agora... está claro!

— Realmente, Sr. Holmes, isso vai além de tudo o que eu poderia ter imaginado — disse o Dr. Mortimer olhando para o meu amigo com espanto. — Entenderia alguém dizer que as palavras vieram de um jornal, mas o senhor nomeá-lo e acrescentar que veio do editorial é realmente uma das coisas mais notáveis que já vi. Como conseguiu?

— Presumo que o senhor poderia diferenciar o crânio de um negro do de um esquimó?

— Com certeza.

— Mas como?

— Porque esse é meu hobby especial. As diferenças são óbvias. A crista supraorbital, o ângulo facial, a curva maxilar, o...

— Pois esse é meu hobby especial e as diferenças são igualmente óbvias. Aos meus olhos, há tanta diferença entre a letra *bourgeois* interlinear de um artigo do *Times* e a impressão desleixada de um jornal vespertino de meio centavo, como haveria entre seu negro e seu esquimó. A detecção da tipologia é um dos ramos mais elementares do conhecimento para o especialista em crimes, embora confesse que uma vez, quando muito jovem, confundi o *Leeds Mercury* com o *Western Morning News*. Mas a do *Times* é totalmente distinta, e essas palavras não poderiam ter sido tiradas de nenhum outro. Como a mensagem foi montada ontem, havia uma grande probabilidade de que encontrássemos as palavras na edição de ontem.

— Então, até onde posso acompanhá-lo, Sr. Holmes — disse Sir Henry Baskerville —, alguém recortou esta mensagem com uma tesoura...

— Uma tesoura de unhas — interrompeu Holmes. Pode-se ver que era uma tesoura de lâminas muito curtas, pois quem cortou teve de fazer dois cortes para a expressão "manter longe".

— É isso mesmo. Alguém, então, cortou a mensagem com uma tesoura de lâmina curta, colou-a com cola...

— Goma — disse Holmes.

— Com goma na folha de papel. Mas gostaria de saber por que a palavra "charneca" foi escrita?

— Porque a pessoa não conseguiu encontrá-la no jornal. As outras palavras eram simples e poderiam ser encontradas em qualquer artigo, mas "charneca" não é tão comum.

— Mas, claro, é a explicação perfeita. Viu mais alguma coisa na mensagem, Sr. Holmes?

— Há um ou dois indícios, mas se tomou muito cuidado para remover todas as pistas. Observe que o endereço está impresso em letras grosseiras. Mas raramente se encontra o *Times* em mãos que não sejam de pessoas bastante instruídas. Portanto, podemos considerar que a mensagem foi elaborada por um homem instruído que desejava fingir-se ignorante, e seu esforço para ocultar a própria escrita sugere que ela pode ser conhecida ou vir a ser reconhecida pelo senhor. Mais uma vez, observe que as palavras não estão coladas em um alinhamento preciso, algumas estão muito mais altas do que outras. "Vida", por exemplo, aparece completamente fora de lugar. Isso ou pode indicar descuido ou agitação e pressa por parte de quem recortou. Em geral, inclino-me para a última opção, visto que a questão era evidentemente importante, e é improvável que quem preparou tal mensagem fosse descuidado. Se estivesse com pressa, isso abriria a interessante questão do motivo, pois qualquer carta postada até de manhã cedo chegaria a Sir Henry antes que ele saísse do hotel. Quem a fez temia uma interceptação? E de quem?

— Estamos chegando agora meio que no campo das conjecturas — disse o Dr. Mortimer.

— Digamos que meio no campo em que equilibramos as possibilidades e escolhemos as mais prováveis. É o uso científico da imaginação, mas sempre temos alguma base material sobre a qual começar nosso raciocínio. Agora, sem dúvida, o senhor poderia dizer que é um palpite, mas estou quase certo de que este endereço foi escrito em um hotel.

— Como, pelos céus, o senhor pode dizer isso?

— Se examinar cuidadosamente, verá que tanto a caneta quanto a tinta causaram problemas ao autor. A pena da caneta se abriu duas vezes em uma única palavra e secou três vezes em um endereço curto, indicando que havia pouca tinta no tinteiro. Agora, raramente se permite que uma caneta ou um frasco de tinta privados estejam em tal estado, e a combinação dos dois, então, deve ser bastante rara. Mas o senhor sabe que, no caso de hotel, é raro conseguir tinta e caneta. Sim, não hesito em dizer que, se pudéssemos examinar os cestos de lixo dos hotéis em torno de Charing Cross até que encontrássemos os restos do artigo do *Times*, colocaríamos as mãos diretamente sobre a pessoa que enviou essa singular mensagem. Ora! Ora! O que é isto? — Ele estava examinando cuidadosamente o papel sobre o qual as palavras haviam sido coladas, segurando-o a apenas uns cinco centímetros dos olhos.

— Então?

— Nada — disse, largando-o. — É só uma meia folha de papel em branco, sem sequer uma marca d'água. Creio que já consideramos o máximo que podíamos desta curiosa carta; e agora, Sir Henry, alguma coisa que mereça destaque aconteceu com o senhor desde que chegou a Londres?

— Não, Sr. Holmes. Acho que não.

— Não percebeu ninguém que o tenha seguido ou observado?

— Parece que entrei direto no meio de um romance de dez centavos — disse o nosso visitante. — Por que, raios, alguém haveria de me seguir ou me observar?

— Estamos chegando a isso. Não tem mais nada a nos informar antes de entrarmos nesse assunto?

— Bem, depende do que o senhor considera que vale a pena ser relatado.

— Acho que qualquer coisa fora da rotina comum da vida vale a pena ser relatada.

Sir Henry sorriu e disse:

— Ainda não conheço muito a vida britânica, pois passei quase todo o meu tempo nos Estados Unidos e no Canadá. Mas julgo que perder uma das botinas não faça parte da rotina normal da vida aqui.

— O senhor perdeu uma de suas botinas?

— Meu caro senhor — começou o Dr. Mortimer —, só está desaparecida. Vai encontrá-la quando voltar para o hotel. Qual é o benefício em preocupar o Sr. Holmes com bobagens desse tipo?

— Bem, ele me disse qualquer coisa fora da rotina.

— Exatamente — confirmou Holmes —, por mais tolo que o incidente pareça. O senhor diz que perdeu uma de suas botinas?

— Bem, foi extraviada. Coloquei as duas do lado de fora da minha porta ontem à noite e só havia uma pela manhã. Não consegui qualquer informação do rapaz que as limpa. O pior de tudo é que comprei o par ontem à noite no Strand e nunca o usei.

— Se nunca o usou, por que o colocou para ser limpo?

— Eram botinas de cano alto e nunca foram lustradas. Por isso as deixei para fora.

— Então, entendo que em sua chegada a Londres ontem o senhor saiu imediatamente e comprou um par de botinas?

— Fiz muitas compras. O Dr. Mortimer me acompanhou. Veja bem, se tenho de ser fidalgo no meio rural, devo me vestir como tal, e pode ser que tenha sido um pouco descuidado quando saí do Oeste. Entre outras coisas, comprei aquelas botinas marrons, pelas quais paguei seis dólares, e tive uma delas roubada antes mesmo de calçá-las.

— Parece uma coisa singularmente inútil para se roubar — comentou Sherlock Holmes. — Confesso que compartilho a crença do Dr. Mortimer de que não demorará muito para que a botina desaparecida seja encontrada.

— E agora, cavalheiros — disse o baronete com firmeza —, parece-me que falei bastante sobre o pouco que sei. É hora de cumprir sua promessa e me entregar um relato completo do que todos nós estamos discutindo.

— Seu pedido é muito razoável — respondeu Holmes. — Dr. Mortimer, julgo que seria melhor que contasse a história como nos contou.

Assim encorajado, nosso amigo científico tirou os papéis do bolso e apresentou o caso todo como fizera na manhã anterior. Sir Henry Baskerville ouviu com a mais profunda atenção e com uma ocasional exclamação de surpresa.

— Bem, parece que recebi uma herança com uma vingança — afirmou Sir Henry quando a longa narrativa terminou. — Claro, ouço falar do cão desde que me entendo por gente. É a história favorita da família, embora eu nunca tenha pensado em levá-la a sério antes. Mas, quanto à morte do meu tio... Bem, tudo isso parece estar fervendo na minha cabeça e não consigo vislumbrar a situação com clareza ainda. O senhor parece não ter decidido se é um caso para um policial ou um clérigo.

— Precisamente.

— E agora tem esse assunto da mensagem que me foi endereçada no hotel. Suponho que também se encaixe no contexto todo.

— Parece que alguém sabe mais do que nós sobre o que acontece na charneca — Mortimer acrescentou.

— E também — disse Holmes — que alguém não está mal-intencionado com o senhor, pois o avisam do perigo.

— Ou pode ser que, para seus próprios propósitos, queiram me assustar.

— Claro, também é possível. Estou muito grato ao senhor, Dr. Mortimer, por me trazer um problema que apresenta várias alternativas interessantes. Mas agora temos de decidir, Sir Henry, se é ou não aconselhável que vá para o Solar Baskerville.

— Por que não deveria ir?

— Parece perigoso.

— O senhor quer dizer perigoso em razão daquele demônio da família ou de seres humanos?

— Bem, isso é que precisamos descobrir.

— Seja qual for o motivo, minha resposta é a mesma. Não há diabo no inferno, Sr. Holmes, e não há homem na terra que possa me impedir de ir para a casa de minha própria família, e assuma isso como minha resposta final. — O baronete franziu as sobrancelhas escuras e o sangue fez seu rosto tingir-se de um tom vermelho-escuro enquanto falava. Era evidente que o temperamento ardente dos Baskerville não estava extinto em seu último representante.
— Entretanto — continuou — mal tive tempo de pensar sobre tudo o que me contaram. É demais para um homem precisar entender e decidir simultaneamente. Gostaria de ter um tempo sozinho para chegar a uma conclusão. Agora,

Sr. Holmes, são onze e meia e voltarei imediatamente para o meu hotel. Suponho que o senhor e seu amigo, o Dr. Watson, possam vir almoçar conosco às duas. Então vou poder dizer mais claramente como essa coisa me afeta.

— Isso é conveniente para você, Watson?

— Perfeitamente.

— Então pode nos esperar. Quer que eu chame um carro?

— Preferiria andar, porque esse caso me perturbou ainda mais.

— Será um prazer acompanhá-lo em uma caminhada — disse seu companheiro.

— Então nos encontramos novamente às duas horas. *Au revoir* e bom dia!

Ouvimos os passos de nossos visitantes descendo a escada e o bater da porta da frente. Imediatamente, Holmes mudou do sonhador lânguido para o homem de ação.

— Chapéu e botinas, Watson, rápido! Não há um momento a perder! — Ele entrou correndo no quarto, ainda vestindo roupão, e voltou de novo em alguns segundos usando um casaco. Corremos juntos pelas escadas e fomos para a rua. O Dr. Mortimer e Baskerville ainda estavam à vista cerca de duzentos metros à nossa frente, seguindo na direção da Oxford Street.

— Devo correr e alcançá-los?

— De forma alguma, meu caro Watson. Estou perfeitamente satisfeito com a sua companhia se você tolerar a minha. Nossos amigos são sábios, pois é uma ótima manhã para uma caminhada.

Aceleramos o passo até que a distância que nos separava se reduziu pela metade. Então, ainda nos mantendo cem metros atrás, seguimos para a Oxford Street e descemos a Regent Street. Nossos amigos fizeram uma parada e observaram uma vitrine; Holmes fez o mesmo. Um instante depois, soltou um pequeno grito de satisfação e, seguindo a direção de seus olhos ansiosos, vi que um *hansom*[4] dentro do qual havia um homem e que parara do outro lado da rua, avançava de novo, lentamente.

— Eis o nosso homem, Watson! Venha comigo! Se não conseguirmos fazer mais nada, vamos dar uma boa olhada nele.

Naquele instante, percebi uma espessa barba negra e um par de olhos penetrantes que nos observava pela janela lateral do carro. Instantaneamente, a pequena porta no topo do carro se abriu, algo foi gritado para o condutor e o carro saiu em louca disparada pela Regent Street. Holmes procurou outro ansiosamente, mas não se via nenhum vazio. Então correu em uma perseguição selvagem em meio ao fluxo do tráfego, mas o arranque foi muito rápido e o carro já estava fora de vista.

— E essa agora! — exclamou Holmes amargamente, quando emergiu da maré de veículos, ofegante e pálido de irritação. — Será que foi má sorte e também inabilidade? Watson, Watson, se você for um homem honesto, vai gravar isso e registrá-lo contra meus sucessos!

— Quem era o homem?

— Não faço ideia.

— Um espião?

— Bem, ficou claro, conforme ouvimos, que Baskerville tem sido seguido muito de perto por alguém desde que

---

[4] Carros de aluguel de duas rodas, que tinham o nome de seu inventor, Joseph Alysius Hansom (1802-1882); os *hansoms* eram ubíquos em Londres nas décadas de 1880 e 1890. No interior havia lugar para dois passageiros, e o cocheiro sentava-se fora. (N.T.)

chegou à cidade. De que outro modo poderiam saber tão rapidamente que ele escolhera o Hotel Northumberland? Se o tivessem seguido no primeiro dia, imaginei que o fizessem também no segundo. Você deve ter observado que eu fui por duas vezes até a janela enquanto o Dr. Mortimer lia aquela lenda.

— Sim, lembro.

— Estava procurando pessoas paradas na rua, mas não vi ninguém. Estamos lidando com um homem esperto, Watson. Esse assunto vai muito fundo e, embora não tenha ainda me decidido se a intenção daquilo com que estamos lidando é benéfica ou maléfica, estou ciente de seu poder e do risco. Quando nossos amigos partiram, quis segui-los imediatamente, na esperança de identificar o acompanhante invisível. Ele foi tão esperto que não confiou em vir a pé, mas se aproveitou de um *hansom* para poder seguir atrás deles ou passar por eles sem lhes despertar a atenção. Seu método tinha a vantagem adicional de que, se pegassem um carro, ainda assim estaria pronto para segui-los. Tem, no entanto, uma desvantagem óbvia.

— Isso o coloca sob o poder do cocheiro.

— Exato.

— É uma pena não termos conseguido o número do carro!

— Meu caro Watson, por mais desastrado que eu possa ter sido, de certo não imagina seriamente que negligenciaria o número? Não. 2704 é o nosso homem. Mas isso não nos serve para o momento.

— Não consigo ver como poderia ter feito mais.

— Ao observar o carro, deveria ter me virado imediatamente e andado em outra direção. Deveria, então, conforme minha conveniência, ter contratado um carro e seguido o dele a uma distância adequada, ou, melhor ainda, ter ido ao Hotel Northumberland e esperado lá. Quando o nosso desconhecido seguisse Baskerville para lá, teríamos a oportunidade de fazer o mesmo jogo dele e ver para onde iria. Assim, por uma indiscrição apressada, aproveitada com extraordinária rapidez e energia por nosso oponente, traímo-nos e perdemos nosso homem.

Havíamos andado devagar pela Regent Street durante a conversa, e o Dr. Mortimer e seu companheiro, já havia muito, tinham desaparecido à nossa frente.

— Não há nenhuma necessidade de segui-los — pontuou Holmes. — A sombra partiu e não retornará. Temos de ver que cartas mais temos nas mãos e jogá-las com resolução. Você poderia reconhecer com certeza o rosto daquele homem dentro do carro?

— Com certeza apenas a barba.

— Isso também eu, e a partir daí presumo que, quase com toda a certeza, era falsa. Uma barba daquelas não teria a menor serventia para um homem inteligente em uma tarefa tão delicada, exceto lhe esconder o semblante. Venha Watson, vamos entrar aqui!

Entramos em uma das agências de mensageiros do distrito, onde Holmes foi calorosamente recebido pelo gerente.

— Ah, Wilson, vejo que não se esqueceu do pequeno caso em que tive a boa sorte de ajudá-lo?

— Não, na verdade não. O senhor salvou meu bom nome e talvez minha vida.

— Meu caro amigo, você exagera. Tenho alguma lembrança, Wilson, de que você tinha entre seus rapazes um chamado Cartwright, que mostrou alguma habilidade durante a investigação.

— Sim, senhor, ele ainda está conosco.

— Poderia chamá-lo...? Obrigado! E ficaria muito feliz se trocasse esta nota de cinco libras.

Um rapaz de quatorze anos, com um rosto inteligente e alerta, havia obedecido à convocação do gerente. Ali parado, olhava com grande reverência para o famoso detetive.

— Deixe-me ver a lista de hotéis — pediu Holmes. — Obrigado! Agora, Cartwright, aqui estão listados os nomes de 23 hotéis, todos na vizinhança imediata de Charing Cross. Está vendo?

— Sim, senhor.

— Você vai visitar todos, um de cada vez.

— Sim, senhor.

— Em cada um dará ao porteiro um xelim. Aqui estão 23 xelins.

— Sim, senhor.

— Vai dizer a cada um que quer ver o jornal descartado de ontem. Diga que um importante telegrama extraviou e que está procurando por ele. Entendeu?

— Sim, senhor.

— Mas você, na verdade, estará procurando a página central do *Times* com alguns buracos cortados com uma tesoura. Aqui está uma cópia do *Times*. Esta é a página. Conseguirá facilmente reconhecê-la, não é?

— Sim, senhor.

— Em cada hotel, o porteiro o enviará para o *concierge*, a quem você também dará um xelim. Aqui estão 23 xelins. Informarão a você que, possivelmente, vinte dos vinte e três foram queimados ou eliminados. Nos outros três casos, alguém lhe mostrará um monte de jornais e você vai procurar por esta página do *Times* no meio dele. São mínimas as chances de que o encontre. Há dez xelins em caso de emergências. Faça-me um relato por telegrama na Baker Street antes do anoitecer. E agora, Watson, só nos resta descobrir a identidade do motorista número 2704, e depois entraremos em uma das galerias de quadros da Bond Street e preencheremos o nosso tempo até a hora de chegarmos ao hotel.

5

Três fios partidos

Em um nível notável, Sherlock Holmes tinha o poder de, quando quisesse, desligar sua mente. Assim, durante duas horas, o estranho negócio em que estivéramos envolvidos pareceu esquecido, com ele inteiramente absorto nas pinturas dos modernos mestres belgas. Não falava de nada além de arte, da qual tinha ideias toscas, desde que saíramos da galeria até nos encontrarmos no Hotel Northumberland.

— Sir Henry Baskerville está lá em cima esperando o senhor — disse o recepcionista. — Ele me pediu que o levasse até lá quando chegasse.

— Tem alguma objeção a que eu olhe seu registro? — perguntou Holmes.

— Nenhuma.

O livro mostrava que dois nomes haviam sido acrescentados depois do de Baskerville: um era Theophilus Johnson e família, de Newcastle; o outro, Sra. Oldmore e a criada, de High Lodge, Alton.

— Certamente, deve ser o mesmo Johnson que eu conhecia — afirmou Holmes ao porteiro. — Não é um advogado de cabelos grisalhos que anda mancando?

— Não, refere-se ao Sr. Johnson, o proprietário das minas de carvão, um cavalheiro muito ativo, não mais velho que o senhor.

— Não acha que está enganado sobre a área em que ele trabalha?

— Não, senhor! O Sr. Johnson frequenta este hotel há muitos anos e nós todos o conhecemos bem.

— Ah, isso encerra o assunto. Quanto à Sra. Oldmore, o nome também não me é estranho. Desculpe a minha curiosidade, mas muitas vezes, ao invocar um amigo, encontra-se outro.

— Senhor, ela é inválida. Seu marido já foi prefeito de Gloucester. A Sra. Oldmore sempre se hospeda conosco quando está na cidade.

— Obrigado, receio que não a conheço mesmo. — E então ele continuou em voz baixa enquanto subíamos juntos: — Levantamos um fato muito relevante por meio dessas perguntas, Watson. Sabemos agora que as pessoas que estão tão interessadas em nosso amigo não ficaram no próprio hotel dele. Isso significa que, como constatamos, estão muito ansiosas para vê-lo e, no entanto, igualmente ansiosas para que ele não as veja. Sem dúvida, um fato muito sugestivo.

— E sugere o quê?

— Isso sugere... Atenção, meu caro amigo, o que diabos está acontecendo?

Ao chegarmos ao topo das escadas, deparamos com o próprio Sir Henry Baskerville. Com o rosto vermelho de raiva, ele segurava em uma das mãos uma botina velha e empoeirada. O jovem estava tão furioso que mal articulava quaisquer palavras e, quando conseguiu se exprimir, era um dialeto muito mais regional e mais típico do Oeste que qualquer outro que tivéssemos ouvido dele pela manhã:

— Parece-me que estão me fazendo de otário neste hotel — gritou ele. — Mas descobrirão que começaram a mexer com o homem errado, a menos que sejam cuidadosos. Por Deus, se aquele sujeito não conseguir encontrar minha botina desaparecida, haverá problemas. Aceito muito bem uma brincadeira, Sr. Holmes, mas eles passaram um pouco dos limites desta vez.

— Ainda procurando a botina?

— Sim, senhor, e pretendo encontrá-la.

— Mas certamente não comentou que era uma botina marrom e nova?

— Então era mesmo, senhor. E agora é uma preta e velha.

— O quê! Não está querendo dizer...

— É exatamente o que quero dizer. Eu só tinha três pares de botinas no mundo: a nova marrom, a preta velha e a de couro envernizado, esta que estou usando. Ontem à noite, pegaram um pé da marrom, e hoje levaram sorrateiramente um pé da preta. Bem, você as encontrou? Fale, homem, e não fique aí parado! — ele dirigiu-se a um nervoso garçom alemão que havia aparecido em cena.

— Não, senhor. Pesquisei todo o hotel, mas não ouvi palavra alguma sobre o assunto.

— Bem, ou aquela botina aparece antes do pôr do sol ou vou procurar o gerente e dizer-lhe que deixarei o hotel de imediato.

— Ela será encontrada, senhor... Prometo-lhe que, se tiver paciência, será encontrada.

— Lembre-se disto: é a última coisa que vou perder neste covil de ladrões. Bem, bem, Sr. Holmes, desculpe-me o incômodo, uma coisa tão insignificante...

— Acho que isso vale o incômodo.

— O senhor parece levar a situação muito a sério.

— Como explica o desaparecimento da botina?

— Simplesmente não tento explicar. Parece a coisa mais louca e esquisita que já me aconteceu.

— Talvez a mais esquisita... — constatou Holmes pensativo.

— Como avalia a situação toda?

— Bem, confesso que não a compreendo ainda. É um caso muito complexo, Sir Henry. Quando considerado em conjunto com a morte de seu tio, não tenho certeza de que, de todos os quinhentos casos de importância capital dos quais cuidei, haja um que me atinja tão profundamente. Mas temos muitos fios em nossas mãos, e há chances de que um ou outro nos leve à verdade. Podemos perder tempo seguindo o fio errado, entretanto, mais cedo ou mais tarde pegaremos o certo.

Em seguida, compartilhamos uma refeição agradável em que pouco se falou da questão que nos havia reunido. Foi na sala de estar privada para onde fomos depois que Holmes perguntou a Baskerville quais eram suas intenções.

— Ir ao Solar Baskerville.

— Quando?

— No final da semana.

— Considerando o contexto — disse Holmes —, acho sábia sua decisão. Tenho amplas evidências de que o senhor está sendo seguido em Londres e, em meio a milhões de pessoas desta grande cidade, é difícil descobrir quem são elas ou o que pretendem. Se as intenções forem más, poderão afetá-lo com algo ruim, e estaremos impotentes para evitá-lo. Dr. Mortimer, o senhor sabia que foram seguidos esta manhã desde minha casa?

O Dr. Mortimer sobressaltou-se.

— Seguidos! Por quem?

— Infelizmente, não posso lhe responder. Há, entre seus vizinhos ou conhecidos em Dartmoor, algum homem com barba preta e cheia?

— Não... Ou deixe-me pensar... Há sim. Barrymore, o mordomo de Sir Charles, é um homem com essa descrição.

— Ah! E onde ele está?

— No comando do solar.

— É melhor verificar se ele está de fato lá, ou se existe qualquer possibilidade de que esteja em Londres.

— Como o senhor conseguirá fazer isso?

— Me dê um formulário telegráfico. 'Está tudo pronto para Sir Henry?' Isso basta. Enderece para o Sr. Barrymore, Solar Baskerville. Qual é a agência telegráfica mais próxima? Grimpen. Muito bem, enviaremos um segundo telegrama ao agente de correio de Grimpen: 'Telegrama ao Sr. Barrymore para ser entregue em mãos. Por favor, se estiver ausente, devolva-o a Sir Henry Baskerville, Hotel Northumberland'. Com isso, provavelmente saibamos antes da noite se Barrymore está ou não em seu cargo em Devonshire.

— Com certeza — disse Baskerville. — A propósito, Dr. Mortimer, afinal, quem é esse Barrymore?

— É o filho do antigo caseiro, que já morreu. Eles cuidaram do Solar por quatro gerações. Pelo que sei, ele e a esposa formam um casal tão respeitável quanto qualquer outro no condado.

— Ao mesmo tempo — começou Baskerville —, está bem evidente que, enquanto não houver membro algum da família no solar, essas pessoas estarão em uma casa gigantesca e refinada e sem nada para fazer.

— É verdade.

— Barrymore foi beneficiado com o testamento de Sir Charles? — perguntou Holmes.

— Ele e a esposa receberam quinhentas libras cada um.

— Ah! E sabiam que receberiam essa quantia?

— Sim. Sir Charles gostava muito de falar sobre as cláusulas de seu testamento.

— Muito interessante.

— Espero — retrucou o Dr. Mortimer — que você não olhe com suspeitas para todos que receberam uma herança de Sir Charles, pois eu também recebi mil libras.

— Verdade? E mais alguém?

— Houve muitas quantias insignificantes para pessoas particulares e também para instituições de caridade públicas. O restante foi integralmente para Sir Henry.

— E quanto foi o restante?

— Setecentas e quarenta mil libras.

Holmes ergueu as sobrancelhas em sinal de surpresa.

— Eu não imaginava que havia uma soma tão gigantesca envolvida — disse ele.

— Sir Charles tinha a reputação de ser rico, mas não sabíamos a extensão da riqueza até que examinamos seus títulos. O valor total dos bens atingia quase um milhão.

— O quê! É uma aposta pela qual um homem pode muito bem entrar em um jogo desesperado. E mais uma pergunta, Dr. Mortimer: suponhamos que algo acontecesse com nosso jovem amigo aqui... Perdoe-me a desagradável hipótese!... Quem herdaria os bens?

— Como Rodger Baskerville, o irmão mais novo de Sir Charles, morreu solteiro, os bens iriam para os Desmond, que são primos distantes. James Desmond é um idoso clérigo em Westmoreland.

— Obrigado. São detalhes bastante interessantes. O senhor conheceu James Desmond?

— Sim, certa vez ele veio visitar Sir Charles. É um homem de aparência venerável e de vida santa. Lembro-me de que se recusou a aceitar qualquer doação de Sir Charles, apesar de ele insistir.

— E esse homem de vida simples seria o herdeiro da fortuna de Sir Charles.

— Seria o herdeiro dos bens porque isso está vinculado. Mas também seria o herdeiro do dinheiro, exceto se o atual proprietário dispusesse o contrário, pois, é claro, pode fazer o que quiser com a herança.

— E o senhor fez seu testamento, Sir Henry?

— Não, Sr. Holmes, não o fiz. Não tive tempo, pois apenas ontem tomei ciência de qual era a situação. Mas, de qualquer forma, penso que o dinheiro deveria estar vinculado ao título e aos bens. Era essa a ideia do meu pobre tio. Como o proprietário vai restaurar as glórias dos Baskerville se não dispuser do dinheiro suficiente para manter os bens? Casa, terra e dinheiro devem andar juntos.

— Realmente. Bem, Sir Henry, concordo com o senhor sobre ser conveniente que vá sem demora para Devonshire. Mas há apenas uma condição da qual devo adverti-lo: com certeza não pode ir sozinho.

— Dr. Mortimer me acompanhará.

— Mas o Dr. Mortimer precisa atender em seu consultório e mora a quilômetros do senhor. Mesmo com toda a boa vontade do mundo, talvez ele seja incapaz de ajudá-lo. Não, Sir Henry, leve um homem de confiança, que esteja sempre ao seu lado.

— É possível o senhor me acompanhar pessoalmente?

— Se a situação virar uma crise, vou me esforçar para estar presente em pessoa. Mas compreenda que, em razão de minha extensa prática de consultoria e dos constantes apelos que chegam a mim de muitos lugares, é impossível que me ausente de Londres por tempo indefinido. No presente momento, um chantagista está denegrindo um dos nomes mais reverenciados na Inglaterra e somente eu posso interromper um escândalo desastroso. Assim, entenda que me é impossível ir a Dartmoor.

— Então, quem recomendaria?

Holmes colocou a mão no meu braço.

— Se meu amigo assumir tal função, não haverá um homem melhor ao seu lado quando estiver em uma situação tensa. Ninguém pode afirmar isso com mais confiança do que eu.

Fui pego completamente de surpresa pela proposta e, antes que tivesse tempo de responder, Baskerville me agarrou pela mão e apertou-a calorosamente.

— Bem, isso é muito gentil da sua parte, Dr. Watson — disse ele. — O senhor entende como sou e sabe tanto sobre o assunto quanto eu. Se me acompanhar até o Solar Baskerville, nunca vou esquecer.

A promessa de aventura sempre me havia fascinado, e me senti enaltecido pelas palavras de Holmes e pelo entusiasmo com que o baronete me saudava como acompanhante.

— Irei, com prazer — retruquei. — Nem sequer imagino como poderia empregar melhor meu tempo.

— E você me manterá detalhadamente informado — disse Holmes. Quando uma crise chegar, e ela virá, eu lhe direi como agir. Suponho que até sábado tudo esteja pronto?

— A data estaria adequada ao Dr. Watson?

— Perfeitamente.

— Então, no sábado, a menos que você ouça outra coisa, nos encontraremos no trem das dez e meia para Paddington.

Havíamos nos levantado para partir quando Baskerville soltou um grito de triunfo e, mergulhando em um dos cantos do cômodo, puxou uma botina marrom de debaixo de um armário.

— Minha botina perdida! — gritou.

— Oxalá todas as nossas dificuldades desapareçam tão facilmente! — disse Sherlock Holmes.

— Mas é uma coisa muito singular — comentou Mortimer. — Examinei este cômodo cuidadosamente antes do almoço.

— E eu também — observou Baskerville. — Cada centímetro dele.

— Tenho certeza de que não havia botina alguma aqui.

— Nesse caso, o garçom deve tê-la colocado aqui enquanto estávamos almoçando.

Chamaram o alemão, que confessou nada saber do assunto, nem qualquer investigação poderia esclarecê-lo. Assim, acrescentou-se outro aspecto àquela série constante e aparentemente despropositada de pequenos mistérios que tão rapidamente haviam ocorrido. Deixando de lado toda a sombria história da morte de Sir Charles, tínhamos uma sequência de incidentes inexplicáveis, todos ocorridos em dois dias, os quais incluíam o recebimento da mensagem impressa, o espião de barba preta no *hansom*, o sumiço da botina marrom nova, o da preta antiga e depois o reaparecimento da botina marrom. Holmes ficou em silêncio na cabine enquanto voltávamos para Baker Street, e eu sabia, pelas sobrancelhas franzidas e pela expressão aguçada dele, que, assim como a minha, sua mente ocupava-se em tentar enquadrar algum esquema no qual todos esses estranhos e aparentemente desconexos episódios fossem encaixados. Durante toda a tarde, até altas horas da noite, ele se sentou perdido em tabacos e pensamentos.

Pouco antes do jantar, dois telegramas lhe foram entregues. O primeiro dizia:

"Acabei de ouvir que Barrymore está no Solar."
BASKERVILLE.

O segundo:

"Visitei 23 hotéis como me foi orientado, mas, desculpe, incapaz de relatar páginas recortadas do *Times*."
CARTWRIGHT.

— Lá se vão dois dos meus fios, Watson. Não há nada mais estimulante do que um caso no qual tudo vai contra você. Precisamos procurar outra pista.

— Ainda há o cocheiro que levou o espião.

— Exato. Tenho telegrafado para conseguir seu nome e seu endereço do Registro Oficial. Não me surpreenderia se isso fosse uma resposta à minha pergunta.

No entanto, o soar da campainha provou ser ainda mais satisfatório do que uma resposta, pois a porta se abriu e surgiu um sujeito de aparência rude, que evidentemente era o próprio homem.

— Recebi uma mensagem do escritório central de que um cavalheiro neste endereço estava indagando pelo número 2704 — disse ele. — Conduzo meu *hansom* há sete anos e jamais recebi uma reclamação. Vim para cá direto do Pátio para lhe perguntar o que o senhor tem contra mim.

— Bom homem, nada tenho no mundo contra você — disse Holmes. — Pelo contrário, dou-lhe meio soberano[5] se você responder de modo claro às minhas perguntas.

— Bem, tive um bom dia sem qualquer erro — disse o condutor com um sorriso. — O que o senhor queria me perguntar?

— Antes de tudo, seu nome e endereço, caso queira chamá-lo de novo.

— John Clayton, Turpey Street, 3, no Borough. Meu carro sai do Pátio de Shipley, perto da Estação de Waterloo.

Sherlock Holmes anotou as informações.

— Agora, Clayton, conte-me tudo sobre o passageiro que veio até esta casa às dez horas da manhã e depois seguiu os dois cavalheiros pela Regent Street.

O homem pareceu surpreso e um pouco constrangido.

---

[5] O soberano inglês é uma moeda de ouro que apareceu na Inglaterra em torno de 1489, no reinado de Henrique VII (1485-1509). Seu valor era de 20 xelins, ou seja, uma libra. (N.T.)

— Ora, não adianta contar coisas ao senhor, pois parece saber tanto quanto eu — comentou ele. — Na verdade, o cavalheiro me disse que era um detetive e que eu não deveria contar a ninguém nada sobre ele.

— Meu bom companheiro, como esse é um assunto muito sério, você poderá acabar em uma posição muito ruim se tentar esconder algo de mim. Afirma que seu passageiro lhe contou que era um detetive?

— Sim, contou.

— Quando ele disse isso?

— Assim que estava partindo.

— E disse mais alguma coisa?

— Sim, o nome dele.

Holmes me lançou um rápido olhar triunfante.

— Oh, ele mencionou o nome, não é? Bastante imprudente. E que nome mencionou?

— O nome — respondeu o cocheiro — era Sr. Sherlock Holmes.

Nunca vi meu amigo mais espantado do que diante da resposta do cocheiro. Por um instante, ele sentou-se em silêncio, perplexo. Em seguida, explodiu em uma vigorosa gargalhada.

— Uma sugestão, Watson... uma inegável sugestão! — exclamou ele. — Sinto uma trilha tão rápida e flexível quanto a minha. Ele me importunou muito lindamente neste momento. Então, chamava-se Sherlock Holmes, não é?

— Sim, senhor. Esse era o nome do cavalheiro.

— Excelente! Conte-me onde o pegou e tudo o que aconteceu.

— Ele me chamou às nove e meia em Trafalgar Square. Disse que era um detetive e me ofereceu dois guinéus se eu fizesse exatamente o que ele queria o dia todo, sem quaisquer perguntas. Fiquei tão feliz que concordei. Primeiro nos dirigimos ao Hotel Northumberland, onde ficamos esperando até que dois cavalheiros saíssem e pegassem um carro da fileira. Então, os seguimos até pararem em algum lugar aqui perto.

— Nesta mesma porta — constatou Holmes.

— Bem, não tenho certeza, mas me atrevo a dizer que meu passageiro sabia tudo sobre isso. Paramos no meio da rua e esperamos uma hora e meia. Logo, os dois cavalheiros passaram por nós, andando, e seguimos ambos pela Baker Street e ao longo da...

— Eu sei — afirmou Holmes.

— Até chegarmos a três quadras da Regent Street. Então, meu cavalheiro abriu a portinhola e gritou que eu deveria ir imediatamente, o mais rápido que conseguisse, para a Estação Waterloo. Açoitei a égua e chegamos em dez minutos. Assim, pagou seus dois guinéus, como um senhor correto, e foi para a estação. Só quando já estava saindo virou-se e disse: "Talvez seja interessante você saber que estava conduzindo o Sr. Sherlock Holmes". Foi assim que tomei conhecimento do nome.

— Entendo. E não o viu mais?

— Não depois que ele entrou na estação.

— E como descreveria o Sr. Sherlock Holmes?

O cocheiro coçou a cabeça.

— Bem, ele não é um cavalheiro tão fácil de ser descrito. Acho que uns quarenta anos de idade, estatura média, de cinco a sete centímetros mais baixo que o senhor. Vestia-se como um janota, barba preta, com corte quadrado no final, rosto pálido. Não consigo dizer mais do que isso.

— Cor dos olhos?

— Não sei.

— Nada mais de que se lembre?

— Não, senhor, mais nada.

— Bem, então aqui está seu meio soberano. Há outro meio esperando-o caso me traga mais alguma informação. Boa noite!

— Boa noite, senhor, e obrigado!

John Clayton afastou-se com uma risadinha, e Holmes virou-se para mim com um encolher de ombros e um sorriso de pesar.

— E, de repente, lá se vai nosso terceiro fio, e terminamos onde começamos — disse ele. — O malandro astucioso! Conhecia nosso número, sabia que Sir Henry Baskerville havia me consultado, me localizou na Regent Street, conjecturou que eu conseguira o número do *hansom* e iria atrás do cocheiro, e então mandou aquela mensagem audaciosa. Watson, desta vez temos um inimigo louvável. Levei xeque-mate em Londres. Assim, só me resta desejar-lhe melhor sorte em Devonshire. Mas estou preocupado com essa situação toda.

— Em que sentido?

— Em enviá-lo. É um negócio feio, Watson, feio e perigoso, e, quanto mais o vejo, menos gosto dele. Meu caro amigo, pode rir, mas dou-lhe minha palavra de que ficarei muito feliz em tê-lo de volta são e salvo a Baker Street.

6

O Solar Baskerville

Sir Henry Baskerville e o Dr. Mortimer estavam prontos no dia marcado e, conforme combinado, partimos para Devonshire. O Sr. Sherlock Holmes acompanhou-me até a estação, onde me deu as últimas orientações e aconselhamentos.

— Não vou influenciá-lo sugerindo teorias ou suspeitas, Watson — disse ele. — Simplesmente desejo que me informe os fatos da maneira mais completa possível, e então deixe comigo a teorização.

— Que tipo de fatos? — perguntei.

— Qualquer um que pareça ter um vínculo, mesmo que indireto, com o caso, e especialmente as relações entre o jovem Baskerville e seus vizinhos, ou qualquer detalhe novo que envolva a morte de Sir Charles. Eu mesmo fiz algumas investigações nos últimos dias, mas infelizmente com resultados negativos. Apenas uma coisa parece certa: o Sr. James Desmond, o próximo herdeiro, é um cavalheiro idoso, de temperamento muito amável e, portanto, não os está seguindo. Penso mesmo que podemos eliminá-lo inteiramente de nossas estimativas. Restam as pessoas que de fato rodeiam Sir Henry Baskerville na charneca.

— Em primeiro lugar, não seria bom nos livrarmos desse casal Barrymore?

— Não, de modo algum. Você estaria cometendo um grande erro. Caso sejam inocentes, seria uma cruel injustiça; caso sejam culpados, estaríamos desistindo de todas as chances de chegar ao âmago da questão. Não, não, vamos preservá-los em nossa lista de suspeitos. Há, se bem me lembro, alguém no Solar que cuida dos cavalos. Além dele, existem dois fazendeiros na charneca. E também o nosso amigo, Dr. Mortimer, que acredito ser totalmente sincero, e a esposa dele, de quem nada sabemos. Há, ainda, o naturalista, Stapleton, e a irmã dele, que dizem ser uma jovem encantadora. Há o Sr. Frankland, do Solar Lafter, que também é um fator desconhecido, e mais um ou dois outros vizinhos. São essas as pessoas que deve investigar com especial atenção.

— Farei o melhor possível.

— Suponho que tenha armas?

— Sim, e pensei também em levá-las.

— Certamente. Mantenha seu revólver perto dia e noite, e nunca se descuide das precauções.

Nossos amigos, que já haviam conseguido um vagão de primeira classe, estavam nos esperando na plataforma.

— Não, não temos notícias de nenhum tipo — disse o Dr. Mortimer em resposta às perguntas de meu amigo. — Juro uma coisa: não fomos seguidos durante os últimos dois dias. Nunca saímos sem vigilância, e ninguém teria escapado da nossa observação.

— Presumo que se mantiveram sempre juntos?

— Exceto ontem à tarde. Em geral, como nunca abro mão de um dia de puro entretenimento quando venho à cidade, resolvi visitar o Museu da Faculdade Real de Cirurgiões.

— E eu fui olhar as pessoas no parque — comentou Baskerville. — Mas não tivemos nenhum problema.

— Mesmo assim, foi imprudente — disse Holmes, balançando a cabeça e parecendo muito preocupado. — Imploro-lhe, Sir Henry, que não saia sozinho. Acontecerá uma grande fatalidade se o fizer. Conseguiu encontrar sua outra botina?

— Não, senhor. Aquela desapareceu para sempre.

— De fato. Isso é muito interessante. Bem, adeus — acrescentou Holmes quando o trem começou a deslizar pela plataforma. — Lembre-se sempre, Sir Henry, de uma das frases daquela antiga e estranha lenda que o Dr. Mortimer nos leu, e evite a charneca nas horas de escuridão, quando se exaltam os poderes do mal.

Olhando de novo para a plataforma depois que a deixamos bem para trás, vi a figura alta e austera de Holmes, em pé e imóvel, encarando-nos com firmeza.

Durante a viagem, rápida e agradável, aproveitei para conhecer melhor meus dois companheiros e brincar com o spaniel do Dr. Mortimer. Em poucas horas, a terra, antes marrom, tornou-se avermelhada, o tijolo transformou-se em granito e as vacas vermelhas pastavam em campos protegidos, onde as gramíneas verdejantes e a vegetação mais exuberante falavam de um clima mais rico, embora devastador. O jovem Baskerville olhava ansioso pela janela, emitindo gritos de prazer ao reconhecer as características familiares do cenário de Devon.

— Já percorri boa parte do mundo desde que parti, Dr. Watson — disse ele —, mas nunca vi um lugar que se compare a isto.

— Nunca vi um homem de Devonshire que não fizesse tal declaração pelo seu condado — comentei.

— Depende da estirpe do homem e também do condado — retrucou Dr. Mortimer. — Um olhar para nosso amigo aqui revela a cabeça arredondada do celta, que carrega em si o entusiasmo e o poder do apego. As características da cabeça do pobre Sir Charles eram de um tipo muito raro, meio gaélico, meio irlandês primitivo. Mas o senhor era muito jovem quando viu pela última vez o Solar Baskerville, não era?

— Sim, apenas um adolescente na época da morte do meu pai, e nunca tinha visto o Solar, pois ele morava em um chalezinho na costa sul, de onde fui direto para um amigo nos Estados Unidos. Portanto, tudo é tão novo para mim como para o Dr. Watson, e estou muito ansioso para ver a charneca.

— É mesmo? Então seu desejo lhe será facilmente concedido, pois lá está sua primeira visão da charneca — disse o Dr. Mortimer, apontando para fora da janela do vagão.

Acima dos verdes dos campos em formato de quadrado e da curva baixa de um bosque, erguia-se a distância uma colina cinzenta e melancólica, com um estranho cume recortado, vago e tênue ao longe, como uma paisagem fantástica em um sonho. Baskerville permaneceu sentado por um longo tempo, os olhos fixos nela, e em seu rosto ansioso percebi o quanto significava aquilo para ele, a primeira visão daquele estranho lugar onde os homens de seu sangue haviam imperado por tanto tempo e deixado uma marca tão profunda.

Lá estava ele, com terno de *tweed* e sotaque americano, no canto de um prosaico vagão e, ainda assim, enquanto eu observava seu rosto expressivo e sombrio, sentia, mais do que nunca, que era um verdadeiro descendente daquela longa linhagem de homens nobres, impetuosos e excepcionais. As sobrancelhas grossas, as narinas sensíveis e os grandes olhos cor de avelã extravasavam orgulho, bravura e força. Se aquela charneca ameaçadora significasse uma busca difícil e perigosa diante de nós, ele seria pelo menos um companheiro por quem nos arriscaríamos, com a certeza de que, com bravura, compartilharia conosco aquela situação.

O trem parou em uma estaçãozinha e todos nós descemos. Lá fora, além da cerca baixa e branca, uma charrete com dois cavalos nos esperava. Nossa vinda foi, evidentemente, um evento fantástico para o chefe da estação e os carregadores, que se reuniam em torno de nós para carregar nossa bagagem. O local era simples e agradável, mas me surpreendi ao observar que, no portão, havia dois soldados usando uniformes escuros, os quais, apoiados nos fuzis, observavam-nos de modo intenso conforme passávamos. O cocheiro, um sujeitinho de expressão dura e retorcida, cumprimentou Sir Henry Baskerville e, em poucos minutos, voávamos pela estrada ampla e clara. Pastagens emolduravam cada lado nosso e antigas casas de duas águas espreitavam por entre a espessa folhagem verde; no entanto, por trás do campo tranquilo e ensolarado, sempre se elevava, escura, contra o céu da noite, a curva longa e sombria da charneca, rompida pelas colinas irregulares e sinistras.

A charrete oscilou em uma estrada lateral e nos curvamos em razão das estradas desgastadas por séculos de rodas, declives altos de ambos os lados, repletos de musgo gotejando e samambaias de língua de cervo carnudas. Moitas de samambaias cor de bronze e espinheiros mosqueados brilhavam à luz do sol poente. Ainda em uma subida constante, passamos por uma estreita ponte de granito e contornamos um córrego ruidoso de onde jorrava água, espumando e rugindo em meio às rochas cinzentas. A estrada e o córrego atravessavam um vale denso, repleto de carvalhos e pinheiros. A cada curva, Baskerville soltava uma exclamação de êxtase, olhando ansiosamente a paisagem e fazendo inúmeras perguntas. Aos olhos dele, tudo parecia bonito, mas, aos meus, um toque de melancolia repousava sobre o campo, que denotava tão claramente a marca da finalização do ano. Folhas amarelas cobriam os caminhos e flutuavam sobre nós enquanto passávamos. O chacoalhar das nossas rodas desvanecia à medida que nos dirigíamos pela vegetação apodrecida, melancólicos presentes, como me pareceu, para a Natureza lançar diante da charrete do herdeiro dos Baskerville que retornava.

— Minha nossa! — gritou o Dr. Mortimer — O que é isso?

Uma curva íngreme de terra coberta de urzes, um esporão periférico da charneca, surgiu diante de nós. No cume, duro e nítido como uma estátua equestre sobre o pedestal, estava um soldado montado, sombrio e austero, com o fuzil posicionado sobre o antebraço. Ele observava a estrada pela qual viajávamos.

— O que é isso, Perkins? — perguntou o Dr. Mortimer.

Nosso cocheiro virou-se no assento.

— Senhor, um condenado escapou de Princetown três dias atrás e os guardas, ainda que vigiem todas as estradas e todas as estações, não tiveram sinal algum dele. Os fazendeiros daqui não gostam dessa situação, senhor, e isso é um fato.

— Bem, sei que eles recebem cinco libras se conseguirem dar alguma informação.

— Sim, senhor, mas a chance de ganharem cinco libras é uma coisa muito pobre em comparação com a chance de terem a garganta cortada. Entenda que o homem não é um condenado comum, mas alguém que não se deteria diante de nada.

— Então, quem é?

— Selden, o assassino de Notting Hill.

Lembrei-me bem do caso, porque Holmes se interessara por ele em virtude da ferocidade peculiar do crime e da brutalidade desenfreada que haviam marcado todas as ações do assassino. A comutação da sentença de morte ocorreu devido a algumas dúvidas referentes à completa sanidade do homem, tão atroz havia sido sua conduta. Nossa charrete havia chegado bem no alto de uma subida, e diante de nós se erguia a imensa charneca, salpicada de retorcidos e escarpados montes de pedras e picos rochosos. Trememos com o vento frio que varreu o cenário. Lá, em algum lugar naquela planície desolada, aquele homem diabólico espreitava, escondido em uma toca como uma besta selvagem, com o coração mergulhado em malignidade contra toda a raça que o expulsara. Eram esses os elementos que faltavam para completar a sugestão sinistra daquela região estéril: o vento gélido e o céu sombrio. Até Baskerville se calou e envolveu o sobretudo ao redor de si.

Tínhamos deixado os campos férteis para trás. Olhamos para eles, os raios oblíquos de um sol baixo transformando os córregos em fios de ouro e brilhando na terra vermelha e fresca transformada pelo arado e pelo amplo emaranhado dos bosques. A estrada à nossa frente tornou-se mais sombria e selvagem por sobre imensas encostas avermelhadas e verde-oliva, salpicadas de pedregulhos gigantes. De vez em quando, passávamos por um chalé na charneca, amuralhado e coberto de pedras, desprovido de trepadeira para lhe suavizar o contorno rude. De repente, avistamos uma depressão de formato côncavo, povoada por raquíticos carvalhos e pinheiros retorcidos e curvados pela fúria de anos de tempestade.

Duas torres altas e estreitas erguiam-se sobre as árvores. O cocheiro apontou com o chicote.

— Solar Baskerville — disse ele.

O senhor do local, em pé, observava com olhos brilhantes e bochechas coradas. Poucos minutos depois, alcançamos os portões onde ficava o abrigo do porteiro, um emaranhado fantástico de traceria[6] em ferro forjado, com pilares corroídos pelo tempo de ambos os lados, manchados de liquens e encimados pelas cabeças de javalis dos Baskerville. O local era uma ruína de granito preto e vigas expostas, mas diante dele havia um imóvel novo, ainda não acabado, o primeiro fruto do ouro sul-africano de Sir Charles.

Passando pelo portão, entramos em uma alameda onde mais uma vez as rodas silenciaram entre as folhas, e as velhas árvores arremessavam seus galhos, formando um túnel sombrio sobre nossa cabeça. Baskerville estremeceu ao olhar para o longo e umbroso caminho em cuja extremidade a casa reluzia como um fantasma.

— Foi aqui? — perguntou ele em voz baixa.

— Não, não, a alameda de teixos está do outro lado.

O jovem herdeiro olhou em volta com uma expressão melancólica.

— Não é de admirar meu tio sentir que enfrentaria problemas em um lugar como este — disse ele. — Assusta mesmo qualquer homem. Daqui a seis meses haverá uma fileira de lâmpadas elétricas aqui, e os senhores não mais reconhecerão o lugar, com mil velas de Swan e Edison diante da porta do Solar.

---

[6] O termo traceria, ou arrendado, refere-se ao trabalho decorativo em pedra (também por vezes outro material) composto por elementos geométricos e utilizado na arquitetura especialmente gótica. (N.T.)

A alameda se abria em uma vasta extensão de relva e, então, a casa surgiu diante de nós. À luz esmaecida, vi que o centro era um bloco pesado de construção, do qual se projetava uma varanda. Hera revestia toda a frente, com algumas podas aqui e ali, onde uma janela ou um brasão atravessavam o véu escuro. Desse bloco central se elevavam as torres gêmeas, antigas, com ameias e perfuradas por muitas frestas. À direita e à esquerda dos torreões, havia alas mais modernas de granito preto. Uma lúrida luz brilhava através de pesadas janelas gradeadas e, das altas chaminés que se erguiam do também alto telhado inclinado, estendia-se uma única coluna negra de fumaça.

— Bem-vindo, Sir Henry! Bem-vindo ao Solar Baskerville!

Um homem alto saiu da sombra da varanda para nos recepcionar. A silhueta de uma mulher refletia-se contra a luz amarela do saguão. Ela apareceu e ajudou o homem a pegar nossas malas.

— Sir Henry, não se importa que eu vá direto para casa? — perguntou o Dr. Mortimer. — Minha esposa está me esperando.

— Tem certeza de que não quer ficar e jantar?

— Tenho; preciso ir. Provavelmente, ainda encontrarei algum trabalho me esperando. Ficaria aqui apenas para mostrar-lhe a casa, mas Barrymore será um guia melhor do que eu. Adeus, e não hesite em me chamar a qualquer hora se eu puder ser útil.

O ruído do chacoalhar das rodas foi enfraquecendo à medida que Sir Henry e eu entrávamos no corredor e a porta retiniu fortemente atrás de nós. E, então, estávamos em um belo imóvel, espaçoso, altivo e fortemente guarnecido por um teto ornado por enormes vigas de carvalho enegrecidas pelo tempo. Na grande e antiquada lareira atrás dos cães de ferro, pedaços de troncos de madeira crepitavam e estalavam. Sir Henry e eu estendemos as mãos na direção do fogo, pois estávamos entorpecidos em razão da longa viagem. Em seguida, observamos ao nosso redor a estreita janela de vitrais antigos, os painéis de carvalho, as cabeças dos cervos, os brasões de armas nas paredes, todos foscos e sombrios à luz suave da iluminação central.

— Exatamente como imaginei — disse Sir Henry. — Não é a própria imagem de uma antiga casa de família? Pensar que este é o mesmo solar em que minha família viveu durante quinhentos anos. Isso me soa muito solene.

Vi seu rosto moreno iluminado com um entusiasmo pueril enquanto olhava o ambiente ao redor. A luz atingia-o onde ele estava, no entanto, longas sombras escorriam pelas paredes, caindo como um dossel preto acima de Sir Henry. Barrymore ressurgiu depois de levar a bagagem para nossos quartos e posicionou-se diante de nós, como um criado bem treinado. Era um homem de aparência notável, alto, bem-apessoado, a barba preta quadrada e traços distintos e pálidos.

— Gostaria que o jantar fosse servido agora, Sir?

— Já está pronto?

— Em poucos minutos. Os senhores encontrarão água quente nos quartos. Minha esposa e eu nos sentiremos felizes, Sir Henry, por permanecer em sua companhia até que tome todos os procedimentos necessários, mas o senhor há de entender que, sob as novas condições, esta casa exigirá um número maior de servidores.

— Que novas condições?

— Só quis dizer que Sir Charles vivia muito recolhido e fomos capazes de atender às necessidades dele. Naturalmente, o senhor desejará mais companhia e, portanto, isso implicará mudanças na casa.

— Quer dizer que sua esposa e você desejam partir?

— Apenas quando lhe for conveniente, Sir.

— Mas sua família está conosco há várias gerações, não é? Vou me arrepender de iniciar minha vida aqui interrompendo uma antiga ligação familiar.

Comecei a discernir alguns sinais de emoção no semblante pálido do mordomo.

— Sir, eu e minha esposa também sentimos isso. Mas, para ser bem franco, nós dois nos apegamos muito a Sir Charles e sua morte nos chocou e tornou este ambiente muito dolorosos para nós. Temo que jamais será fácil apagar de nossa lembrança o Solar Baskerville.

— Mas o que pretende fazer?

— Não tenho dúvidas de que seremos bem-sucedidos em algum negócio. A generosidade de Sir Charles nos permitirá fazê-lo. E, agora, talvez seja melhor eu lhes mostrar os aposentos.

Uma galeria balaustrada quadrada percorria o topo do antigo saguão, onde se chegava por meio de uma escada dupla. Desse ponto central, estendiam-se dois longos corredores por toda a extensão do imóvel, a partir do qual todos os quartos se abriam. O meu aposento estava na mesma ala que o de Baskerville, quase ao lado do dele. Tais cômodos pareciam muito mais modernos do que a parte central da casa, e o papel claro e os vários candelabros contribuíram para eliminar de minha mente a impressão sombria que tive assim que chegamos.

No entanto, a sala de jantar, que se abria para além do saguão, era um lugar sombrio e melancólico, uma comprida câmara, com um degrau separando uma plataforma mais elevada, onde a família se sentava na parte mais baixa, reservada aos dependentes. Em uma das extremidades, a galeria de um menestrel negligenciava isso. Vigas negras pairavam sobre nossa cabeça, com um teto escurecido por fumaça acima delas. Fileiras de tochas para iluminar o ambiente, cor e a hilaridade rude de um banquete dos velhos tempos talvez o suavizassem, mas, naquele momento, quando dois cavalheiros vestidos de preto se sentaram no pequeno círculo de luz lançado por uma luminária velada, calaram-se as vozes e subjugou-se o ânimo. Encarava-nos uma linhagem obscura de ancestrais usando toda variedade de vestimenta, desde o cavaleiro elisabetano até o fanfarrão da Regência, assustando-nos com sua companhia silenciosa. Conversamos pouco, e me alegrei quando a refeição terminou e então pudemos nos retirar para a moderna sala de bilhar e fumar um cigarro.

— Realmente, este não é um lugar muito animado — disse Sir Henry. — Suponho que se consiga minimizar isso, mas não me sinto pronto neste momento. Não me admira que meu tio tenha ficado nervoso vivendo sozinho em uma casa como esta. No entanto, se lhe convier, vamos nos retirar mais cedo, e talvez amanhã de manhã as coisas pareçam mais animadas.

Afastei as cortinas antes de me deitar e olhei pela janela, vislumbrando o espaço gramado que ficava em frente à porta do saguão. Mais além, dois conjuntos de arvoredos gemiam e balançavam pela ação do vento crescente. Uma meia-lua rompeu as fendas das nuvens velozes. Naquela luz fria, vi além das árvores uma sequência de rochas e a curva longa e baixa da melancólica charneca. Cerrei as cortinas, sentindo que minha última impressão correspondia ao restante.

E ainda assim não foi a última. Estava cansado, ainda acordado, virando irrequietamente de um lado para o outro, à espera de um sono que não viria. Bem distante, um carrilhão soava os quartos das horas, enquanto um silêncio mortal jazia sobre a velha casa. E então, de repente, na madrugada, chegou aos meus ouvidos um som claro, ressonante e inconfundível: o soluço de uma mulher, o suspiro abafado e estrangulado de alguém dilacerado por um incontrolável sofrimento. Sentei-me na cama e prestei mais atenção. O barulho não poderia estar longe e, certamente, vinha de dentro da casa. Durante meia hora, esperei com cada nervo em alerta, mas não ouvi nenhum outro som, exceto o do carrilhão e o do farfalhar da hera na parede.

7

Os Stapleton da Casa Merripit

O frescor da beleza da manhã seguinte ajudou a apagar de nossas mentes a impressão sombria e cinzenta que nos fora deixada pela primeira experiência no Solar Baskerville. Quando Sir Henry e eu nos sentamos para o café da manhã, a luz do sol entrava pelas altas janelas, jogando pálidos fragmentos de cor dos brasões de armas. Os painéis escuros brilhavam como bronze nos raios dourados e era difícil imaginar que aquele era de fato o mesmo cômodo que nos havia impregnado tanta tristeza em nossa alma na noite anterior.

— Penso que somos nós mesmos, e não a casa, que temos culpa! — disse o baronete. — Cansados e gelados pela viagem, tivemos uma impressão sombria do lugar. Agora, revigorados e bem, está tudo animador mais uma vez.

— No entanto, não foi inteiramente uma questão de imaginação — retruquei. — Por exemplo, por acaso ouviu alguém, possivelmente uma mulher, soluçando durante a noite?

— Isso é curioso, pois quando estava meio adormecido, imaginei ter ouvido algo do tipo. Esperei durante muito tempo, porém nada mais escutei, concluindo, assim, que tudo fora um sonho.

— Ouvi claramente o barulho e estou certo de que era realmente o soluçar de uma mulher.

— Precisamos perguntar sobre isso imediatamente. — Sir Henry tocou a campainha e perguntou a Barrymore se ele poderia explicar nossa experiência. Pareceu-me que os traços pálidos do mordomo se acentuaram mais ainda enquanto ouvia a pergunta de seu senhor.

— Há apenas duas mulheres na casa, Sir Henry — respondeu. — Uma é a copeira, que dorme na outra ala. A outra é minha esposa, e garanto-lhe que o som não veio dela.

E, no entanto, ele mentiu ao dizer isso, pois, por acaso, depois do café da manhã, encontrei a senhora Barrymore no longo corredor, com o sol iluminando-lhe o rosto. Era uma mulher grande, impassível e pesada, com expressão severa. Mas os olhos estavam vermelhos e olharam para mim por entre pálpebras inchadas. Fora ela, então, que chorara durante a noite e, se o fez, o marido devia saber. Contudo, Barrymore havia assumido o risco óbvio de ter a mentira descoberta ao declarar que não fora a esposa. Por quê? E por que ela chorara tão amargamente? Pairava uma atmosfera de mistério e tristeza sobre esse homem bonito, de barba preta e rosto pálido. Foi ele quem encontrou o corpo de Sir Charles e tínhamos apenas sua palavra para todas as circunstâncias que levaram à morte do velho. Era possível que fosse Barrymore, afinal, quem vimos no *hansom* da Regent Street? A barba poderia muito bem ser a mesma. O cocheiro havia descrito um homem um pouco mais baixo, mas tal impressão poderia facilmente ser errônea. Como eu resolveria em definitivo essa questão? Obviamente, a primeira coisa a fazer era falar com o agente do correio de Grimpen e descobrir se o telegrama de teste havia realmente sido entregue em mãos a Barrymore. Qualquer que fosse a resposta, pelo menos haveria algo a reportar a Sherlock Holmes.

Sir Henry tinha vários papéis para examinar depois do café da manhã, de modo que o tempo era propício para um passeio. Fiz uma agradável caminhada de quatro quilômetros ao longo da beira da charneca, chegando, finalmente, a um vilarejo cinzento, no qual duas grandes construções, onde se revelaram a estalagem e a casa do Dr. Mortimer, ficavam bem acima do resto. O agente do correio, que também era o merceeiro do vilarejo, lembrava-se perfeitamente do telegrama.

— Certamente, senhor — confirmou. — O telegrama foi entregue ao Sr. Barrymore exatamente como orientado.

— Quem o entregou?

— Meu menino aqui. James, você entregou aquele telegrama ao Sr. Barrymore, no Solar, na semana passada, não foi?

— Sim, pai, entreguei.

— Nas mãos dele? — perguntei.

— Bem, ele estava no sótão no momento, então não pude entregar a ele em mãos, mas deixei com a Sra. Barrymore, e ela prometeu entregá-lo imediatamente.

— Você viu o Sr. Barrymore?

— Não, senhor. Como lhe disse, ele estava no sótão.

— Se não o viu, como sabe que ele estava lá?

— Bem, certamente sua própria esposa devia saber onde ele estava — interveio o agente de correio com irritação. — Ele não recebeu o telegrama? Se houve algum erro, cabe ao próprio Barrymore reclamar.

Parecia impossível continuar a investigação, mas estava claro que, apesar do artifício de Holmes, não tínhamos provas de que Barrymore não estivesse em Londres naquele dia. Supondo que fosse assim, ou seja, que o mesmo homem que fora o último a ver Sir Charles vivo fosse também o primeiro a seguir o novo herdeiro quando chegasse à Inglaterra, e então? Seria agente de terceiros ou teria ele próprio algum desígnio sinistro? Que interesse poderia ter em perseguir a família Baskerville? Pensei no estranho aviso retirado do editorial do *Times*. Teria sido trabalho seu ou seria possível a ação de alguém que se empenhasse em neutralizar seus esquemas? O único motivo concebível era o sugerido por Sir Henry: se a família pudesse ser aterrorizada, uma permanente e confortável casa estaria garantida para os Barrymore. Mas, certamente, uma explicação desse tipo seria bastante inadequada para justificar as profundas e sutis manobras que pareciam tecer uma rede invisível ao redor do jovem baronete. O próprio Holmes dissera que nenhum caso mais complexo lhe ocorrera em toda a longa série de suas sensacionais investigações. Rezei, enquanto caminhava de volta pela estrada cinzenta e solitária, para que meu amigo logo se liberasse de suas ocupações e pudesse tirar esse pesado fardo de responsabilidade dos meus ombros. De repente, meus pensamentos foram interrompidos pelo som de pés correndo atrás de mim e por uma voz que chamava pelo meu nome. Olhei para trás esperando ver o Dr. Mortimer, mas, para minha surpresa, um estranho me perseguia. Era um homem baixo, magro, bem barbeado e bem-apessoado, cabelos loiros e rosto fino, entre trinta e quarenta anos de idade, vestido em um terno cinza e usando um chapéu de palha. De seu ombro pendia uma caixa metálica para espécimes botânicos e carregava uma rede verde de borboletas em uma das mãos.

— Certamente, o senhor vai desculpar minha presunção, Dr. Watson — disse ao chegar ofegante até onde eu estava. — Aqui na charneca somos pessoas informais, que não esperam as apresentações oficiais. O senhor pode ter ouvido o meu nome por meio de nosso amigo em comum, Mortimer. Sou Stapleton, da Casa Merripit.

— A rede e a caixa me fariam saber disso — comentei, pois sabia que o Sr. Stapleton era um naturalista. — Mas como me conhece?

— Estava com Mortimer que, da janela de seu consultório, o apontou quando o senhor passou. Como o nosso caminho segue para o mesmo lado, pensei em alcançá-lo e me apresentar. Creio que Sir Henry não tenha cansado muito na viagem?

— Ele está muito bem, obrigado.

— Receávamos que, após a triste morte de Sir Charles, o novo baronete se recusasse a morar aqui. É pedir muito a um homem rico que venha se enterrar em um lugar deste tipo, mas não preciso lhe dizer que isso significa muito para a região. Suponho que Sir Henry não tenha medo de superstições.

— Não creio que seja provável.

— É claro que o senhor conhece a lenda do cão diabólico que assombra a família?

— Já ouvi a respeito.

— É extraordinário como os camponeses por aqui são crédulos! Qualquer um está pronto para jurar que viu uma criatura como essa na charneca. — Ele sorriu ao falar, mas me pareceu ler em seus olhos que levava o assunto a sério. — Essa história teve uma grande influência sobre a imaginação de Sir Charles, e não tenho dúvidas de que o levou ao seu trágico fim.

— Mas como?

— Seus nervos estavam tão tensos que a aparição de qualquer cachorro poderia ter tido um efeito fatal naquele coração enfermo. Imagino que ele realmente tenha visto algo do tipo naquela noite na alameda de teixos. Eu temia que algum desastre ocorresse, pois gostava muito do velho e sabia que seu coração estava fraco.

— Como sabia?

— Meu amigo Mortimer me contou.

— Então, acha que algum cachorro perseguiu Sir Charles e, como consequência disso, ele morreu de medo?

— O senhor tem alguma explicação melhor?

— Ainda não cheguei a nenhuma conclusão.

— E o Sr. Sherlock Holmes?

A pergunta me tirou o fôlego por um instante, mas ao olhar o rosto plácido e os olhos firmes de meu companheiro, percebi que não houvera intenção de me surpreender.

— É inútil fingir que não o conhecemos, Dr. Watson — explicou. — Os relatos sobre seu detetive nos alcançaram aqui, e o senhor não poderia celebrá-lo sem ficar também conhecido. Quando Mortimer me disse seu nome, não pôde negar sua identidade. Se está aqui, é lógico que o próprio Sr. Sherlock Holmes se interessa pelo assunto e, naturalmente, estou curioso para saber a opinião dele.

— Receio que não responderei a essa pergunta.

— Posso perguntar se ele vai nos homenagear com uma visita?

— No momento, Holmes não sairá da cidade. Tem outros casos que exigem sua atenção.

— Que pena! Ele poderia lançar alguma luz sobre o que é tão sombrio para nós. Mas, quanto às suas próprias pesquisas, se houver alguma maneira possível de ajudá-lo, confio que o senhor me chamará. Se eu tivesse alguma indicação ou da natureza de suas suspeitas ou de como pretende investigar o caso, talvez até agora mesmo lhe desse alguma ajuda ou informação.

— Garanto-lhe que estou aqui apenas em visita ao meu amigo, Sir Henry, e que não preciso de qualquer ajuda.

— Excelente! — exclamou Stapleton. — O senhor está perfeitamente certo em ser cauteloso e discreto. Com justiça, estou reprovado pelo que considero uma intromissão injustificável, e prometo-lhe que não mencionarei o assunto de novo.

Chegamos a um ponto em que um caminho estreito e gramado saía da estrada e atravessava a charneca. Uma colina íngreme e salpicada de pedregulhos ficava à direita, na qual, em tempos passados, havia uma pedreira de granito que fora cortada. O lado voltado para nós formava um penhasco escuro, com samambaias e arbustos crescendo nos nichos. De uma elevação distante, flutuava uma nuvem de fumaça cinzenta.

— Uma rápida caminhada nos leva à Casa Merripit — disse. — Talvez o senhor disponha de um tempo para que eu tenha o prazer de lhe apresentar à minha irmã.

Meu primeiro pensamento foi que deveria estar ao lado de Sir Henry. Mas então me lembrei da pilha de papéis e contas que lotavam sua escrivaninha. Com certeza eu não poderia ajudá-lo. E Holmes me disse expressamente que investigasse os vizinhos na charneca. Portanto aceitei o convite de Stapleton e seguimos pelo caminho.

— A charneca é um lugar maravilhoso — ele comentou, olhando ao redor os declives ondulados, as longas elevações verdejantes, com cristas de granito irregular assemelhando-se à espuma de ondas fantásticas. — Nunca se cansa da charneca. Não se consegue imaginar os maravilhosos segredos que oculta. É tão vasta, tão estéril e tão misteriosa.

— Então o senhor os conhece bem?

— Estou aqui há apenas dois anos. A população local me chamaria de novato. Chegamos pouco depois de Sir Charles se estabelecer. Mas minhas preferências me levaram a explorar todos os recantos da região, e acho que poucos homens a conhecem melhor do que eu.

— É difícil conhecê-la?

— Muito difícil. Veja, por exemplo, essa grande planície ao norte daqui, com colinas esquisitas despontando. Consegue ver alguma coisa extraordinária nelas?

— Seria um lugar excelente para um galope.

— Naturalmente, muitos pensaram assim, o que custou várias vidas até agora. Está vendo aquelas manchas verdes brilhantes espalhadas nela?

— Sim, parecem mais férteis do que o resto.

Stapleton riu e falou:

— É o grande Grimpen Mire — explicou ele. — Um passo em falso significa a morte do homem ou do animal. Ontem mesmo vi um dos pôneis da charneca entrar nele. Não saiu mais. Vi a cabeça para fora por um longo tempo, mas, finalmente, o lodaçal o tragou. Mesmo nas estações secas é perigoso atravessá-lo, mas, depois dessas chuvas de outono, vira um lugar ainda mais terrível. Mas com tudo isso, consigo chegar até o centro e retornar vivo. Por Jorge, há outro desses pôneis miseráveis!

Algo marrom rolava e se debatia entre os juncos verdes. Então, um longo e agoniado pescoço se contorceu e um grito terrível ecoou pela charneca. Eu gelei de horror, mas os nervos do meu companheiro pareciam mais fortes que os meus.

— Acabou! — exclamou. — O lodaçal o engoliu. Dois em dois dias, e muitos mais, talvez porque sigam pelo caminho no clima seco, sem perceberem a diferença, até que o lodaçal os prenda em suas garras. Grimpen Mire é um lugar ruim.

— E o senhor consegue entrar nele?

— Sim, um homem bem ágil consegue seguir por dois caminhos. Eu os descobri.

— Mas por que o senhor desejaria entrar em um lugar tão horrível?

— Bem, vê as colinas mais além? Elas são realmente ilhas isoladas por todos os lados pelo lodaçal intransponível, que se arrastou ao longo dos anos. É lá que estão as plantas raras e as borboletas, se você for inteligente para alcançá-las.

— Vou testar a minha sorte algum dia.

Ele me fitou com uma expressão surpresa.

— Pelo amor de Deus, tire essa ideia da mente — suplicou. — Seu sangue estaria sobre minha cabeça. Garanto ao senhor de que não haveria a menor chance de voltar vivo. É somente me recordando de certas referências complexas que sou capaz de chegar até lá.

— Opa! — gritei. — O que é isso?

Um longo e baixo gemido, indescritivelmente triste, varreu a charneca. Encheu todo o ar e, ainda assim, era impossível dizer de onde vinha. De um murmúrio suave se transformou em um rugido profundo e depois voltou a se reduzir a um sussurro melancólico e pulsante. Stapleton olhou para mim com uma expressão curiosa.

— Lugar estranho a charneca! — declarou.

— Mas que ruído foi esse?

— Os camponeses dizem que é o Cão dos Baskerville clamando por sua presa. Já ouvi esse barulho uma ou duas vezes antes, mas nunca tão alto.

Com um calafrio de medo, olhei ao redor, vislumbrando a planície gigantesca e formidável, salpicada pelas manchas verdes dos juncos. Nada se agitou naquela vasta extensão, exceto um par de corvos, que crocitou alto de um pico rochoso atrás de nós.

— O senhor é um homem culto. Não acredita em bobagens como essas, não é? — perguntei-lhe. — Como justifica um som tão estranho?

— Às vezes, charnecas emitem sons estranhos. É a lama se acomodando, ou a água subindo, ou coisa do tipo.

— Não, não, esse som veio de alguma coisa viva.

— Bem, talvez. O senhor já ouviu um abetouro?

— Não, nunca.

— É uma ave muito rara, praticamente extinta hoje na Inglaterra, mas tudo é possível na charneca. Sim, não me surpreenderia saber que ouvimos o grito do último deles.

— É a coisa mais peculiar e estranha que já ouvi em minha vida.

— Sim, este é um lugar misterioso. Olhe para a encosta daquela colina ao longe. O que acha que é?

Toda a encosta íngreme estava coberta de anéis circulares cinzentos de pedra, ao menos uns vinte deles.

— O que são? Currais de ovelhas?

— Não, moradias de nossos dignos antepassados. A charneca era densamente povoada pelo homem pré-histórico, e como ninguém em particular viveu lá desde então, encontramos todas as suas coisas exatamente como as deixaram. Aqueles são seus *wigwams*[7] sem as coberturas. Se tiver a curiosidade de entrar, conseguirá ver até o braseiro e os lugares onde se sentavam.

— Mas é uma cidade e tanto. Quando foi habitada?

— Homem neolítico... sem data.

— Como viviam?

— Pastoreavam gado nessas encostas e cavavam para procurar estanho quando a espada de bronze começou a se sobrepor ao machado de pedra. Olhe a grande vala na colina oposta. Esse era um traço deles. Sim, encontram-se alguns aspectos muito singulares sobre a charneca, Dr. Watson. Oh, desculpe-me um instante! Certamente, é uma *Cyclopides*.

Um pequeno inseto voador ou mariposa cruzou nosso caminho e, em um instante, Stapleton corria com energia e velocidade fantásticas para capturá-lo. Para meu espanto, mesmo a criatura voando diretamente para o grande lamaçal, meu conhecido continuou a perseguição sem parar por um instante, saltando de moita para moita atrás dela, a rede verde agitada pelo ar. As roupas cinza e o progresso abrupto,

---

[7] *Wigwams* são cabanas nas regiões de florestas, geralmente em forma de abóbada. (N.T.)

em ziguezague e irregular, faziam que ele se parecesse com uma enorme mariposa. Eu continuava parado, observando a perseguição com um misto de admiração, em virtude da extraordinária agilidade do homem, e medo de que ele perdesse o equilíbrio na lama traiçoeira, quando ouvi o som de passos e, ao virar, deparei com uma mulher bem próxima a mim. Ela viera da direção em que a coluna de fumaça indicava a posição da Casa Merripit, mas a inclinação da charneca a escondera até que estivesse bem perto.

Visto que devia ser rara a presença de mulheres na charneca, não havia como duvidar de que aquela era a Srta. Stapleton, de quem me haviam falado, e lembrei-me de que ouvira alguém descrevê-la como muito formosa. A mulher que se aproximou de mim era certamente isso, e do tipo mais incomum. Não poderia haver um contraste maior entre irmão e irmã, pois a pele de Stapleton era clara, como os cabelos, e os olhos cinzentos, enquanto ela era mais escura do que qualquer morena que eu tenha visto na Inglaterra, esbelta, elegante e alta. O rosto, altivo e de feições delicadas, tão regular que poderia parecer impassível se não fosse pela boca aflita e pelos belos olhos escuros e ansiosos. Com silhueta perfeita e vestido elegante, a moça era, de fato, uma insólita aparição naquele caminho da solitária charneca. Os olhos dela fitavam o irmão assim que me voltei e, então, acelerou o passo em minha direção. Eu levantara o chapéu e estava prestes a explicar alguma coisa quando as palavras dela levaram todos os meus pensamentos para uma nova direção.

— Volte! — falou ela. — Volte imediatamente para Londres.

Só consegui fitá-la em uma imobilidade de surpresa. Senti seus olhos me queimarem enquanto impaciente ela batia o pé no chão.

— Por que eu deveria voltar? — perguntei-lhe.

— Não posso explicar — respondeu em um tom de voz baixo e nervoso, com uma curiosa pronúncia em sua elocução. — Mas, pelo amor de Deus, faça o que lhe pedi. Volte e nunca mais pise novamente na charneca.

— Mas acabei de chegar.

— Senhor, senhor! — gemeu ela. — Não percebe quando um aviso visa ao seu próprio bem? Volte para Londres! Vá hoje à noite! Afaste-se deste lugar a todo o custo! Silêncio, meu irmão está chegando! Nem uma palavra do que lhe disse. Se importaria de pegar aquela orquídea para mim entre as cavalinhas ali adiante? Na charneca, há orquídeas em abundância, embora, é claro, seja tarde para que aprecie as belezas do lugar.

Stapleton, depois de desistir da perseguição, voltou até nós respirando com dificuldade e corado pelos esforços.

— Olá, Beryl! — cumprimentou a irmã, e pareceu-me que o tom de sua saudação não era de todo cordial.

— Bem, Jack, você está muito afogueado.

— Sim, estava perseguindo uma *Cyclopides*. Elas estão bastante raras e dificilmente encontradas no final do outono. Que pena que a perdi! — ele falou de forma despretensiosa, mas os pequenos olhos claros se alternavam incessantemente da irmã para mim.

— Vejo que já se apresentaram.

— Sim. Estava dizendo a Sir Henry que é muito tarde para ele ver as verdadeiras belezas da charneca.

— Como? Quem você acha que ele é?

— Imagino que deva ser Sir Henry Baskerville.

— Não, não — adiantei-me. — Sou apenas um humilde plebeu, embora amigo dele. Meu nome é Dr. Watson.

Um rubor de constrangimento perpassou o rosto expressivo dela.

— Estávamos conversando de modo descoordenado — disse a jovem.

— Ora, nem sequer tiveram muito tempo para conversar — o irmão comentou com os mesmos olhos questionadores.

— Falei com o Dr. Watson como se ele fosse um morador local, em vez de apenas um visitante — ela retrucou. — Nesse caso, pouco importa se é cedo ou tarde para as orquídeas. Mas o senhor virá conhecer a Casa Merripit, certo?

Uma breve caminhada nos levou a uma sombria casa da charneca, outrora a fazenda de criadores de gado nos velhos e prósperos tempos, mas, então, reformada e transformada em uma moradia moderna. Um pomar a circundava, mas as árvores, como é comum na charneca, estavam raquíticas e atrofiadas, e o efeito do lugar, horrível e melancólico. Fomos recebidos por uma estranha criada, velha e enrugada, com um casaco de cor ferrugem que parecia combinar com a casa. No entanto, dentro havia grandes salas mobiliadas com uma elegância que me pareceu refletir o gosto da senhora. Quando olhei pelas janelas para a charneca interminável salpicada de granito, rolando sem fim até o horizonte mais distante, maravilhei-me com o que provavelmente foi o motivo que trouxe aquele homem muito educado e essa linda mulher para viverem em um lugar assim.

— Local estranho para se escolher, não é? — comentou ele como em resposta ao meu pensamento. — E conseguimos ser bastante felizes, não é mesmo, Beryl?

— Muito felizes — ela respondeu, sem qualquer traço de convicção nas palavras.

— Tive uma escola — Stapleton começou a contar — que ficava no norte do país. O trabalho para um homem do meu temperamento era mecânico e desinteressante, mas o privilégio de conviver com a juventude, de ajudar a moldar aquelas mentes jovens e de imprimir nelas caráter e ideais próprios me era muito gratificante. No entanto, o destino estava contra nós. Uma grave epidemia estourou na escola e três dos meninos morreram. Nunca nos recuperamos do golpe e muito do meu capital foi irremediavelmente tragado. E, no entanto, se não fosse pela perda da companhia encantadora dos meninos, eu poderia me regozijar com o meu próprio infortúnio, pois, com meu profundo gosto pela botânica e zoologia, encontrei um campo ilimitado de trabalho aqui, e minha irmã é tão dedicada à natureza como sou. Por sua expressão, enquanto apreciava a charneca através de nossa janela, percebi que tudo isso passou por sua cabeça, Dr. Watson.

— Certamente, passou pela minha mente que poderia ser um pouco entediante...Talvez menos para o senhor do que para sua irmã.

— Não, não, nunca me entedio — acrescentou ela rapidamente.

— Temos livros, nossos estudos e vizinhos interessantes. O Dr. Mortimer é um homem muito instruído em sua própria área. O pobre Sir Charles também era um companheiro formidável. Nós o conhecíamos bem e sentimos a falta dele mais do que consigo exprimir. O senhor acha que eu estaria intrometendo-me se esta tarde fosse conhecer Sir Henry?

— Tenho certeza de que ele ficaria encantado.

— Então, talvez o senhor possa mencionar que me proponho a fazê-lo. Talvez possamos, de maneira humilde, fazer algo que torne as coisas mais fáceis para ele, até que se acostume com o novo ambiente. O senhor gostaria de subir, Dr. Watson, e conhecer minha coleção de *Lepidopteras*?[8] Acredito que seja a mais completa no sudoeste da Inglaterra. Quando acabar de apreciá-la, o almoço estará quase pronto.

Mas eu me sentia ansioso para voltar ao meu posto. A melancolia da charneca, a morte do desafortunado pônei, o som estranho associado à sombria lenda dos Baskerville, tudo isso coloriu meus pensamentos de tristeza. Então, acima de todas essas impressões mais ou menos vagas, veio a advertência definitiva e inconfundível da Srta. Stapleton, proferida com uma seriedade tão intensa que não duvidei de que alguma razão séria e profunda estivesse por trás. Resisti a toda a pressão para ficar para o almoço e imediatamente parti de volta, tomando o caminho gramado pelo qual tínhamos vindo.

Entretanto, parece que havia algum atalho para aqueles que conheciam a região, pois antes de eu ter alcançado a estrada, surpreendi-me ao ver a Srta. Stapleton sentada sobre uma pedra na lateral do caminho. Seu rosto estava lindamente corado pelo esforço e mantinha a mão ao lado do corpo.

— Vim correndo a fim de encontrá-lo, Dr. Watson — disse. — Não tive tempo nem mesmo de colocar meu chapéu. Não posso demorar ou meu irmão sentirá minha falta. Queria dizer-lhe que sinto muito pelo estúpido erro que cometi ao pensar que o senhor era Sir Henry. Por favor, esqueça aquelas palavras. Elas não se aplicam ao senhor.

— Mas não posso esquecê-las, Srta. Stapleton — argumentei. — Sou amigo de Sir Henry e o bem-estar dele

---

[8] A ordem Lepidoptera compreende todos os insetos conhecidos popularmente por borboletas e mariposas (chamadas, às vezes, de traças) em forma adulta, e lagartas, taturanas e mandarovás quando imaturos. (N.T.)

é uma preocupação pessoal minha. Diga-me por que estava tão ansiosa para que Sir Henry voltasse logo para Londres.

— Um capricho de mulher, Dr. Watson. Quando me conhecer melhor, entenderá que nem sempre há razões para o que digo ou faço.

— Não, não. Bem me lembro da emoção na sua voz. Lembro-me da expressão em seus olhos. Por favor, por favor, seja sincera comigo, Srta. Stapleton, pois, desde que estou aqui, percebo sombras à minha volta. A vida tornou-se como aquele grande Grimpen Mire, com pequenas manchas verdes por toda parte, nas quais se pode afundar sem guia para nos indicar a trilha. Explique-me então o que quis dizer e prometo transmitir sua advertência a Sir Henry.

Uma expressão de dúvida cruzou o rosto da jovem por um instante, mas os olhos novamente se endureceram quando me respondeu:

— O senhor dá muita importância a essa situação, Dr. Watson — disse ela. — Meu irmão e eu ficamos muito chocados com a morte de Sir Charles. Nós o conhecíamos profundamente, pois sua caminhada favorita era vir pela charneca até nossa casa. Ele ficou bastante impressionado com a maldição que pairava sobre sua família e, quando aconteceu aquela tragédia, naturalmente senti que devia haver algum motivo para os temores que ele expressara. Portanto, angustiada quando outro membro da família veio morar aqui, senti que ele deveria ser avisado do perigo que correria. Eu pretendia transmitir essa mensagem.

— Mas qual é o perigo?

— O senhor conhece a história do cão?

— Não acredito em tal absurdo.

— Mas eu acredito. Se o senhor tem alguma influência sobre Sir Henry, leve-o para longe de um lugar que sempre foi fatal para a família dele. O mundo é grande. Por que ele desejaria viver em um lugar tão perigoso?

— Exatamente por isso. Essa é a natureza de Sir Henry. Temo que, a menos que possa me dar alguma informação mais precisa, seria impossível fazê-lo mudar de ideia.

— Não posso dizer nada mais preciso, pois nada sei de concreto.

— Eu teria mais uma pergunta, Srta. Stapleton. Se não quis dizer mais do que isso quando falou comigo pela primeira vez, por que não desejaria que seu irmão ouvisse? Não há nada a que ele ou qualquer outra pessoa possa se opor.

— Meu irmão está muito ansioso para que o Solar volte a ser habitado, pois acha que fará bem aos pobres na charneca. Ele ficaria muito zangado se soubesse que eu disse qualquer coisa que induzisse Sir Henry a partir. Mas cumpri meu dever, e agora não direi mais nada. Preciso voltar ou ele sentirá minha falta e suspeitará que vim encontrá-lo. Adeus!
— Ela se virou e desapareceu em poucos minutos por entre as pedras espalhadas, enquanto eu, com minha alma cheia preocupações obscuras, segui meu caminho em direção ao Solar Baskerville.

8

Primeiro relatório do Dr. Watson

A partir deste ponto, seguirei o curso dos acontecimentos transcrevendo minhas cartas para o Sr. Sherlock Holmes, as quais jazem na escrivaninha diante de mim. Falta uma página, mas aqui estão exatamente como foram escritas e bem revelam meus sentimentos e minhas suspeitas do momento com mais exatidão do que a minha memória, ainda que nítida sobre esses eventos trágicos, poderia possivelmente fazer.

Solar Baskerville, 13 de outubro.

CARO HOLMES: Minhas cartas e também meus telegramas anteriores o mantiveram bem atualizado a respeito de tudo o que ocorreu neste recôndito do mundo esquecido por Deus. Quanto mais tempo ficamos aqui, mais o espírito do pântano mergulha em nossa alma, tanto na sua vastidão como também no seu sinistro encanto. Quando se está neste local, ainda que fiquem para trás todos os vestígios da moderna Inglaterra, toma-se consciência, em todos os recantos, das casas e do trabalho dos povos pré-históricos. Por onde se caminha, veem-se as casas de pessoas esquecidas, com seus túmulos e os enormes monólitos que parecem ter marcado seus templos. Quando se olha para as cabanas de pedra cinzenta contra as encostas laceradas de cicatrizes, deixa-se para trás o tempo em que se vive e, caso deparasse com um homem peludo e coberto por peles arrastando-se da porta baixa e encaixando uma flecha com ponta de sílex na corda de seu arco, sentir-se-ia que a presença dele era mais natural ali que a sua. Soa estranho que tenham vivido tão densamente em um solo talvez sempre infrutífero. Não sou especialista no assunto, mas imagino que eles eram um tipo de povo pacífico e acossado, forçado a aceitar uma terra que nenhum outro ocuparia.

No entanto, toda essa descrição soa estranha diante da missão para a qual você me enviou, e talvez seja muito desinteressante para a sua mente rigorosamente prática. Ainda me lembro de sua total indiferença em relação ao fato de o Sol se mover em torno da Terra ou de a Terra girar ao redor do Sol. Portanto, permita-me retomar os acontecimentos pertinentes a Sir Henry Baskerville.

Se você não recebeu relato algum nos últimos dias é porque até hoje não havia nada de importante para relatar. Mas, então, ocorreu algo muito surpreendente, que lhe contarei no momento adequado. Mas, antes de mais nada, preciso mantê-lo informado de alguns elementos da situação.

Um desses, sobre o qual pouco falei, é o condenado fugitivo na charneca. Há uma forte razão para se acreditar que ele conseguiu escapar, o que representa um considerável alívio para os isolados proprietários de casas deste distrito. Passou-se uma quinzena desde que fugiu, durante a qual nada se viu ou ouviu sobre ele. É inadmissível que ele conseguisse sobreviver na charneca durante todo esse tempo. Mas, naturalmente, não acho difícil que esteja escondido. Qualquer uma das cabanas de pedra lhe proporcionaria um esconderijo. Mas estaria sem nada para comer, exceto se pegasse e abatesse um dos carneiros da charneca. Sendo assim, julgamos que ele partiu e, como consequência, os isolados fazendeiros dormem melhor.

Somos quatro homens saudáveis nesta casa e, embora possamos nos cuidar bem, confesso que passo por momentos difíceis quando penso nos Stapleton. Eles vivem a quilômetros de qualquer ajuda. Há uma serviçal, um criado idoso, a irmã e o irmão, este não muito forte. Todos estariam impotentes nas mãos de um sujeito desesperado como esse criminoso de Notting Hill, no caso de ele conseguir entrar na casa. Sir Henry e eu estávamos preocupados com a situação deles e sugeriram que Perkins, o cavalariço, fosse dormir lá, mas Stapleton discordou.

É fato que nosso amigo, o baronete, começa a mostrar considerável interesse por nossa bela vizinha, o que não causa surpresa, pois o tempo passa pesadamente neste local solitário para um homem ativo como ele, e a mulher é fascinante e linda. Há nela um quê tão tropical e exótico que contrasta de modo singular com o irmão fleumático. No entanto, ele também sugere esconder um temperamento explosivo. O homem certamente exerceu uma influência bem marcante sobre a irmã, pois a vi olhando-o continuadamente enquanto falava, como se quisesse aprovação dele para o que dizia. Julgo que ele é gentil com a moça. Há um brilho seco nos olhos e nos lábios finos e firmes do rapaz, o que indica uma índole positiva e possivelmente severa. Você encontraria nele matéria para uma interessante investigação.

Ele veio visitar Baskerville naquele primeiro dia, e na manhã seguinte nos levou para conhecer o lugar onde supostamente a lenda do perverso Hugo se originou. Foi uma jornada de alguns quilômetros pela charneca até um lugar tão nefasto que poderia ter sugerido a história. Deparamos com um pequeno vale entre rochas escarpadas, que levavam a um espaço aberto e gramado salpicado de relva branca de algodão. No centro, erguiam-se duas grandes pedras, tão desgastadas e afiadas na extremidade superior que se assemelhavam aos enormes caninos corroídos de alguma fera monstruosa. Em todos os sentidos, o cenário correspondia ao da antiga tragédia. Sir Henry, muito interessado, perguntou a Stapleton mais de uma vez se ele, de fato, acreditava na possibilidade da interferência do sobrenatural nas questões humanas. Ele falou no assunto com leveza, ainda que fosse evidente que o levava muito a sério. Stapleton foi cauteloso nas respostas, mas se percebia com clareza que ele economizava nas palavras, sem expressar, assim, tudo que pensava, em consideração aos sentimentos do baronete. Ele nos contou casos semelhantes, em que as famílias haviam sofrido alguma influência maligna, deixando-nos com a impressão de compartilhar a visão popular sobre o assunto.

Durante a volta, paramos para almoçar na Casa Merripit, onde Sir Henry conheceu a Srta. Stapleton. Assim que a viu, ele pareceu intensamente atraído por ela, e estou certo de que o sentimento foi mútuo. Sir Henry falou da moça várias vezes em nosso retorno para casa, e desde então não se passou um dia em que não vimos o irmão e a irmã. Ambos jantarão aqui esta noite, e anda-se dizendo que iremos jantar com eles na próxima semana. Talvez se imagine que Stapleton apreciaria tal encontro, no entanto, mais de uma vez observei forte desaprovação no semblante dele quando Sir Henry dedicava atenção à irmã. Não resta dúvida de que ele é muito apegado à Srta. Stapleton, e viveria solitário sem ela, mas pareceria o auge do egoísmo se viesse a comprometer um casamento promissor. Porém estou certo de que ele não quer que a intimidade entre os dois se transforme em amor, e várias vezes notei que se empenhou em impedir que eles ficassem *tête-à-tête*. Por falar nisso, as instruções que me deu de que nunca permita a Sir Henry sair sozinho se tornarão muito mais espinhosas se um caso de amor se acrescentar às nossas outras adversidades. O respeito que me dedicam logo sofreria reveses se eu cumprisse suas ordens ao pé da letra.

Outro dia, para ser mais exato na quinta-feira, o Dr. Mortimer almoçou conosco. Ele escavou um monte de terra sobre um túmulo em Long Down e encontrou um crânio pré-histórico, o que o fez muito feliz. Nunca vi um entusiasta tão resoluto quanto ele! Os Stapleton chegaram depois e o generoso doutor, atendendo ao pedido de Sir Henry, levou-nos à alameda de teixos para nos mostrar exatamente como tudo aconteceu naquela noite fatal. Na verdade, a alameda é um longo e melancólico caminho entre dois altos muros de sebe desbastada, com uma faixa estreita de relva de cada lado. Na outra extremidade, há uma velha e já desmoronada casa de veraneio. Na metade do caminho está o portão da charneca, de madeira branca, com uma trava, onde o idoso cavalheiro deixou as cinzas do charuto. Para além, encontra-se a vasta charneca. Lembrei-me da sua teoria sobre o caso e tentei imaginar o que ocorrera naquele cenário. Parado ali, o idoso senhor viu alguma coisa atravessando a charneca, alguma coisa que o aterrorizou tanto que ele perdeu o juízo, correndo até morrer de puro horror e exaustão. Ali estava o longo e sombrio caminho pelo qual ele fugira. E de quê? De um cão de caça da charneca? Ou de um cão de caça espectral, negro, silencioso e monstruoso? Havia atividade humana no caso? O pálido e cuidadoso Barrymore sabia mais do que desejava dizer?

Tudo parecia obscuro e vago, mas sempre há a nefasta sombra do crime por trás.

Conheci outro vizinho depois da última vez que lhe escrevi: o Sr. Frankland, do Solar Lafter, que mora a aproximadamente seis quilômetros ao sul de nós. É idoso, face corada, cabelos brancos e colérico. Tem paixão pela legislação britânica e gastou uma grande fortuna em litígios. Discute pelo mero prazer de discutir, sempre pronto a assumir um dos lados de uma questão, e por isso não é de admirar que tenha encontrado um divertimento oneroso. Às vezes, ele fecha uma passagem preferencial e desafia a paróquia a fazê-lo abri-la. Em outras, com as próprias mãos derruba o portão de outro homem e declara que existe ali desde tempos imemoriais um caminho, desafiando o proprietário a processá-lo por invasão. Conhece muito bem antigas prerrogativas senhoriais e comunais, e às vezes aplica seu conhecimento em prol dos aldeões de Fernworthy, e às vezes contra eles; desse modo, periodicamente o levam em triunfo pela rua do povoado ou o queimam em efígie, conforme sua façanha mais recente. Dizem que tem cerca de sete ações judiciais em mãos no momento, o que, provavelmente, aniquilará o restante de sua fortuna e, assim, ele ficará menos desagradável e até inofensivo no futuro. Excetuando-se tal característica, o homem parece amável e bondoso, e só o mencionei porque você me solicitou que lhe enviasse algumas descrições das pessoas que nos cercam. O Sr. Frankland está curiosamente aplicado no presente, pois, sendo um astrônomo amador, tem um excelente telescópio, com o qual se acomoda no telhado de sua própria casa e esquadrinha a charneca o dia todo na esperança de vislumbrar o condenado que escapou. Tudo estaria bem se ele restringisse suas energias a isso, mas há rumores de que pretende processar o Dr. Mortimer por abrir um túmulo sem o consentimento do parente mais próximo, porque desenterrou o crânio neolítico de Long

Down. Com tais atitudes, ele alivia a monotonia de nossa vida e dá um pouco de comicidade onde é extremamente necessário.

E agora, depois de atualizá-lo sobre o condenado fugitivo, os Stapleton, o Dr. Mortimer e o Frankland, do Solar Lafter, permita-me concluir com o elemento mais importante e, para isso, falar mais sobre os Barrymore e, sobretudo, sobre o surpreendente acontecimento da noite passada.

Antes de qualquer coisa, sobre o telegrama de teste que você enviou de Londres para se certificar de que Barrymore estava realmente aqui. Já expliquei que o testemunho do agente do correio evidencia que o teste foi nulo e que não temos provas de uma ou de outra parte. Contei a Sir Henry como andavam as coisas e, imediatamente, em seu estilo franco, ele chamou Barrymore e perguntou-lhe se havia recebido o telegrama. Ele confirmou.

— O rapaz o entregou em suas próprias mãos? — perguntou Sir Henry.

Barrymore, parecendo surpreso, pensou por um tempo antes de responder:

— Não, eu estava no cômodo de armazenamento e minha esposa o entregou a mim.

— Você mesmo respondeu a ele?

— Não, disse a minha esposa o que responder e ela desceu para fazê-lo.

À noite, por vontade própria, ele retomou a questão e disse:

— Não consegui compreender direito o objetivo de suas perguntas esta manhã, Sir Henry. Acredito que não signifiquem que fiz alguma coisa para perder sua confiança?

Sir Henry precisou assegurar-lhe que não era assim, e acalmou-o, dando-lhe uma parte considerável de seu antigo guarda-roupa, pois o enxoval todo havia chegado de Londres.

A Sra. Barrymore desperta meu interesse. É uma pessoa pesada e firme, muito limitada, bastante respeitável e inclinada ao puritanismo. Você dificilmente conceberia alguém menos sentimental. No entanto contei-lhe como, na primeira noite aqui, ouvi que ela soluçava amargamente, e desde então venho observando sinais de lágrimas em seu rosto. Alguma tristeza profunda devora o coração da mulher. Às vezes me pergunto se uma recordação a assombra, e outras vezes suspeito que Barrymore seja um tirano doméstico. Sempre senti que havia alguma coisa singular e questionável no caráter desse homem, mas a aventura da noite passada acentua todas as minhas suspeitas.

No entanto, pode parecer uma questão pouco relevante. Você sabe que não durmo bem e, desde o momento em que cheguei para vigiar esta casa, meu sono está mais leve do que nunca. Ontem à noite, mais ou menos às duas horas da manhã, um passo furtivo passando pelo meu quarto me despertou. Levantei-me, abri a porta e espreitei. Uma longa sombra negra arrastava-se pelo corredor, um homem caminhando suavemente com uma vela na mão. Ele usava camisa e calças, os pés descalços. Consegui vislumbrar apenas sua silhueta, mas a altura dele me disse que era Barrymore. Andava vagarosa e cautelosamente, e havia alguma coisa de culpado e furtivo em toda a sua aparência.

Já lhe contei que o corredor é interrompido pela varanda que circula o saguão, sendo retomado no lado mais distante. Aguardei até que ele desaparecesse de vista e então o segui. Quando cheguei à varanda, ele havia alcançado a extremidade mais distante do corredor, e vi, pela réstia da luz através de uma porta aberta, que ele tinha entrado em um dos cômodos. Como quase todos os quartos da casa estão sem mobília e desocupados, a expedição do homem tornou-se mais misteriosa do que nunca. A luz brilhava com firmeza, como se ele estivesse imóvel. Esgueirei-me pela passagem o mais silenciosamente que consegui e espiei pelo canto da porta.

Barrymore agachava-se próximo à janela com a vela erguida contra o vidro. O perfil dele estava meio virado para mim, e o rosto parecia rígido de expectativa enquanto fitava a escuridão da charneca. Por alguns minutos permaneceu ali, observando atentamente. Então, depois de um profundo gemido, com um gesto impaciente, apagou a chama. Voltei de imediato para o meu quarto e logo ouvi mais uma vez os passos furtivos no percurso de volta. Muito tempo depois, já em um sono leve, escutei uma chave girar na fechadura, mas não consegui perceber de onde vinha o ruído. Não consigo imaginar o significado de tudo isso, mas alguma coisa secreta acontece nesta casa sombria, e mais cedo ou mais tarde decifraremos o mistério. Não o perturbo com minhas teorias porque você me pediu que apenas lhe informasse fatos. Tive uma longa conversa com Sir Henry esta manhã e elaboramos um plano de campanha baseado em minhas observações da noite anterior. Não falarei sobre isso agora, mas, com esse elemento, o meu próximo relatório se transformará em uma leitura interessante.

9

A luz sobre a charneca [segundo relatório do Dr. Watson]

Solar Baskerville, 15 de outubro.

MEU CARO HOLMES, se fui obrigado a deixá-lo sem muitas notícias durante os primeiros dias de minha missão, deve reconhecer que estou compensando o tempo perdido e que os eventos agora estão se acumulando rapidamente. Concluí meu último relatório com Barrymore na janela, e agora já tenho um bom montante, o que, a não ser que esteja muito enganado, surpreendê-lo-á consideravelmente. As coisas tomaram um rumo que eu não poderia ter antecipado. De certa forma, nas últimas quarenta e oito horas, tudo se tornou muito mais claro e, de certa forma, mais complicado. Mas eu lhe contarei tudo e você julgará por si mesmo.

Antes do café, na manhã seguinte à minha aventura, segui pelo corredor e examinei o quarto em que Barrymore estivera na noite anterior. A janela oeste através da qual ele havia olhado tão atentamente tinha, como notei, uma peculiaridade sobre todas as outras janelas da casa: ela possibilitava uma visão mais ampla da charneca. Há uma abertura entre duas árvores que permite a alguém que lá se posicione olhar diretamente para ela, enquanto que de todas as outras janelas se tem apenas um vislumbre distante. Segue-se, portanto, que Barrymore, uma vez que somente tal janela serviria ao propósito, devia estar procurado algo ou alguém na charneca. A noite estava tão escura que mal consigo imaginar como ele poderia esperar ver alguém. Julguei ser possível que alguma intriga amorosa estivesse em andamento. Isso explicaria os movimentos furtivos de Barrymore e também o desconforto de sua esposa. O homem tem boa aparência, é um sujeito muito bem talhado para roubar o coração de uma camponesa, de modo que essa teoria parecia ter embasamento. É possível que aquela abertura de porta que ouvi depois de voltar para o meu quarto significasse que ele saíra para algum compromisso clandestino. Então refleti pela manhã, e lhe digo a linha de minhas suspeitas, por mais que o resultado possa mostrar que sejam infundadas.

Mas qualquer que fosse a verdadeira explicação do comportamento de Barrymore, senti que a responsabilidade de manter isso só para mim, até que conseguisse explicar, era mais do que conseguiria suportar. Tive uma conversa com o baronete em seu escritório depois do café da manhã e contei-lhe tudo o que tinha visto. Ele ficou menos surpreso do que eu esperava.

— Eu sabia que Barrymore andava durante as noites e tinha vontade de falar com ele sobre isso — comentou. —

Duas ou três vezes ouvi seus passos no corredor, indo e vindo, em um horário próximo ao que o senhor citou.

— Talvez todas as noites ele faça uma visita àquela janela em particular — sugeri.

— Talvez. Se assim for, podemos segui-lo e descobrir o motivo que o faz ir até lá. Tenho a curiosidade de saber o que seu amigo Holmes faria se estivesse aqui.

— Acredito que exatamente o que o senhor está sugerindo — falei. — Seguiria Barrymore e veria o que ele faz.

— Então faremos isso juntos.

— Mas certamente ele nos ouviria.

— O homem é um tanto surdo e, de toda maneira, devemos aproveitar a chance de segui-lo. Vamos ficar no meu quarto esta noite e esperar até que ele passe. — Sir Henry esfregou as mãos com prazer e ficou evidente que ele se animou com a aventura como uma atenuação para sua vida um tanto monótona na charneca.

O baronete tem se comunicado com o arquiteto que preparou os projetos para Sir Charles e com um empreiteiro de Londres, então podemos esperar que grandes mudanças aqui se iniciem em breve. Também vieram decoradores e fornecedores de Plymouth, e é óbvio que nosso amigo tem grandes ideias e meios para não poupar esforços ou despesas para restaurar a grandeza de sua família. Quando a casa estiver renovada e redecorada, tudo que lhe restará para completar a vida será uma esposa. Cá entre nós, há sinais bem claros de que isso não será necessário se a dama estiver disposta, pois raramente vi um homem mais entusiasmado por uma mulher do que ele está por nossa bela vizinha, a Srta. Stapleton. No entanto o curso do amor verdadeiro não flui tão suavemente quanto se esperaria nas circunstâncias. Hoje, por exemplo, a calmaria de sua superfície foi quebrada por uma inesperada ondulação, que causou ao nosso amigo considerável perplexidade e aborrecimento.

Depois da conversa que citei sobre Barrymore, Sir Henry pôs seu chapéu e se preparou para sair. Claro que fiz o mesmo.

— O que foi? Você vem também, Watson? — perguntou olhando de maneira curiosa para mim.

— Isso depende de estar se dirigindo à charneca — respondi.

— Sim, estou.

— Bem, o senhor conhece minhas instruções. Lamento me intrometer, mas ouviu quão seriamente Holmes insistiu que eu não deveria deixá-lo, e especialmente que não deveria ir sozinho para a charneca.

Sir Henry colocou a mão no meu ombro com um sorriso amável e disse:

— Meu caro amigo Holmes, com toda a sua sabedoria, não previu algumas coisas que aconteceram desde que estive na charneca. Será que me entende? Tenho certeza de que é o último homem do mundo que gostaria de ser um estraga-prazeres. Preciso ir sozinho.

As palavras me colocaram em uma posição muito desconfortável. Não sabia o que dizer ou o que fazer e, antes que me decidisse, Sir Henry pegou sua bengala e partiu.

Mas quando consegui refletir sobre a questão, minha consciência me reprovou amargamente por ter, sob qualquer pretexto, permitido a ele que saísse de minha visão. Imaginei quais seriam meus sentimentos se precisasse me reportar a você e confessar-lhe que algum infortúnio ocorrera por ter descumprido suas instruções. Garanto-lhe que minhas bochechas coraram com esse simples pensamento. Como talvez não fosse tarde demais para alcançá-lo, parti imediatamente em direção à Casa Merripit.

Corri ao longo da estrada o máximo que consegui sem ver qualquer sinal de Sir Henry, até que cheguei ao local em que o caminho da charneca se ramifica. Ali, temendo que, afinal, tivesse ido na direção errada, subi em uma colina de onde teria melhor visão... a mesma colina recortada pela pedreira escura. Então o vi. Estava no caminho da charneca, a uns quatrocentos metros de distância, e uma dama acompanhava-o, que só podia ser a Srta. Stapleton. Duas coisas ficaram bem evidentes: já havia um entendimento entre eles, e o encontro ocorrera com hora marcada. Andavam devagar, entretidos na conversa, e a vi fazendo pequenos e rápidos movimentos com as mãos, como se estivesse sendo muito sincera no que estava dizendo, enquanto ele ouvia atentamente, e uma ou duas vezes balançou a cabeça em forte desacordo. Fiquei entre as rochas observando-os, intrigado com o que deveria fazer em seguida. Persegui-los e interromper aquela conversa íntima parecia um ultraje, e ainda assim meu claro dever era nunca, nem por um instante, deixá-lo fora de minha visão. Agir como espião contra um amigo representava uma tarefa odiosa. Ainda assim, não encontrei opção melhor do que observá-lo da colina e, depois, limpar minha consciência confessando-lhe o que havia feito. É verdade que, se algum perigo súbito o tivesse ameaçado, eu estaria longe demais para ser útil, e, no entanto, tenho certeza de que você concordaria comigo que eu me encontrava em uma posição muito difícil e que não havia nada mais que pudesse fazer.

Nosso amigo, Sir Henry, e a senhorita haviam parado no caminho, profundamente absortos em sua conversa, quando, de repente, percebi não ser a única testemunha do encontro. Uma mancha verde flutuando no ar chamou minha atenção e, prestando atenção, vi que era conduzida em uma vara por um homem que se movia pelo piso irregular. Stapleton, com sua rede de borboletas, estava muito mais perto do casal do que eu e parecia movimentar-se na direção deles. Nesse instante, Sir Henry subitamente puxou a Srta. Stapleton para o seu lado e colocou o braço em torno da jovem, mas me pareceu que ela o evitava, desviando o rosto. Ele inclinou a cabeça para a dela, que levantou a mão em sinal de protesto. No momento seguinte, eu os vi se separarem e se virarem subitamente. Stapleton era o motivo da interrupção. Corria descontroladamente rumo aos dois, a ridícula rede pendurada atrás de si. Gesticulava e quase pulava de agitação diante dos apaixonados. Não conseguia imaginar o significado da cena, mas me pareceu que Stapleton estava insultando Sir Henry, que se explicava cada vez com mais irritação mediante a recusa do outro em aceitar os argumentos. A dama permaneceu em um silêncio altivo. Por fim, Stapleton se voltou para a irmã e gesticulou de modo autoritário, e ela, depois de um olhar hesitante para Sir Henry, afastou-se acompanhando o irmão. Os gestos de raiva do naturalista mostravam que a dama fazia parte de seu descontentamento. O baronete permaneceu por um minuto os observando e então, cabisbaixo, caminhou lentamente de volta pelo caminho que havia percorrido, a própria imagem da rejeição.

Não conseguia imaginar o significado de tudo, mas me sentia profundamente constrangido por ter testemunhado uma cena tão íntima sem o conhecimento de meu amigo. Desci correndo a colina e o encontrei. Seu rosto estava vermelho de raiva e as sobrancelhas cerradas, como as de alguém que está concentrado nos próprios pensamentos, decidindo o que fazer.

— Olá, Watson! De onde você caiu? — perguntou. — Não me diga que veio atrás de mim apesar de tudo?

Expliquei-lhe tudo: como eu achara impossível ficar para trás, como o havia seguido e como testemunhara tudo o que ocorrera. Por um instante seus olhos faiscaram para mim, mas minha franqueza desarmou sua raiva e, finalmente, cedeu em um sorriso pesaroso.

— Seria natural pensar-se que o meio daquela pradaria constituiria um lugar razoavelmente seguro para um homem ter privacidade — desabafou —, mas, pelos céus, parece que todos na região vieram para presenciar meu encontro... E que poderoso encontro fracassado! Onde você estava?

— Naquela colina.

— Na fila de trás, não é? Mas o irmão dela estava bem na da frente. Você o viu chegar até nós?

— Sim.

— Será que alguma vez ele atacou você dando-lhe a impressão de ser louco... esse irmão dela?

— Não posso dizer que já o fez.

— Ouso dizer que a mim também não. Sempre achei que ele era bastante são, até hoje, mas pode acreditar em mim quando digo que ou ele ou eu deveria estar em uma camisa de força. Qual é o problema comigo, afinal? Você mora comigo já há algumas semanas, Watson. Diga-me sinceramente! Existe alguma coisa que me impeça de ser um bom marido para a mulher que eu amar?

— Sou obrigado a dizer que não.

— A restrição dele não pode ser por minha posição social, portanto, acho que não me aprecia. O que ele tem contra mim? Que me lembre, nunca machuquei homem ou mulher na minha vida. E, no entanto, ele não me deixaria tocar nas pontas dos dedos da irmã.

— Ele disse isso?

— Isso e muito mais. Watson, acredite, só a conheço há algumas semanas, mas desde o instante em que a vi, senti que ela foi feita para mim, e isso é recíproco... Juro que ela se sentia feliz comigo. Há uma luz nos olhos de uma mulher que fala mais do que as palavras. Mas o irmão nunca nos permitiu ficar juntos, e somente hoje, pela primeira vez, vi uma chance de trocar algumas palavras a sós com ela. A moça estava feliz em me encontrar, mas, quando isso aconteceu, não era de amor que queria falar, e não teria permitido que também lhe falasse sobre isso, se pudesse ter evitado. Ela continuou insistindo em dizer que este é um lugar perigoso e que nunca seria feliz até que eu o deixasse. Disse-lhe que desde que a tinha visto não havia pressa em deixá-lo e que, se realmente quisesse que eu fosse embora, a única maneira de conseguir isso seria partindo comigo. Assim, propus com todas as letras que nos casássemos, mas antes que a senhorita respondesse, veio aquele irmão dela correndo para nós com um rosto transtornado. Estava simplesmente branco de raiva, e com os olhos em fogo pela fúria. "O que eu estava fazendo com ela? Como me atrevi a lhe oferecer atenções que lhe desagradavam? Eu achava que por ser um baronete podia fazer o que quisesse?". Se ele não fosse irmão dela, eu saberia melhor como responder. Na situação, lhe contei que meus sentimentos em relação a sua irmã eram de tal natureza que não havia do que me envergonhar, e que esperava que ela me honrasse, tornando-se minha esposa. Isso pareceu não melhorar a situação, e acabei perdendo a paciência e respondendo a ele com mais intensidade do que deveria, considerando que a senhorita estava ali. Então tudo acabou com a partida de ambos, como pôde ver, e aqui estou, um homem mais aturdido que qualquer outro neste condado.

Agora me diga o que tudo isso significa, Watson, e vou ficar lhe devendo mais do que jamais possa esperar pagar.

Tentei uma ou duas explicações, mas, na verdade, estava completamente atônito. O título de nosso amigo, sua fortuna, sua idade, seu caráter e sua aparência estão todos a seu favor, e não sei de nada contra ele, excetuando-se o destino sombrio que persegue sua família. Surpreende-me muito que suas declarações sejam rejeitadas tão bruscamente, sem qualquer referência aos desejos da própria dama, e que ela aceite a situação sem protestar. No entanto, nossas conjecturas foram acalmadas por uma visita do próprio Stapleton naquela mesma tarde. Veio pedir desculpas por sua grosseria na parte da manhã e, depois de uma longa conversa privada no escritório com Sir Henry, o resultado foi a ferida muito bem curada e o convite para irmos jantar na Casa Merripit na próxima sexta-feira em sinal disso.

— Não digo agora que o homem não é louco — Sir Henry comentou. — Não consigo esquecer a expressão em seus olhos quando correu para mim esta manhã, mas devo admitir que nenhum homem poderia fazer um pedido de desculpas mais expressivo do que o dele.

— Ele lhe deu alguma explicação para sua conduta?

— Disse que a irmã é tudo em sua vida. Isso é bastante natural e alegro-me que reconheça o valor dela. Sempre estiveram juntos e, de acordo com seu relato, é um homem muito solitário, tendo apenas a ela como companhia, de modo que a ideia de perdê-la era realmente terrível. Confessou não perceber que eu estava me afeiçoando a ela, mas quando viu com os próprios olhos que era realmente assim e que poderia perdê-la, tomou um choque tão grande que por algum tempo não era mais responsável pelo que disse ou fez. Sentia muito por tudo o que acontecera e reconheceu quão tolo e egoísta foi imaginar que poderia guardar para si mesmo uma mulher bonita como sua irmã, por toda a vida dela. Se tivesse de deixá-la, preferia que fosse por um vizinho como eu a qualquer outra pessoa. Mas, de toda maneira, foi um golpe, e afirmou que precisaria de algum tempo antes de poder se preparar para enfrentá-lo. Retiraria toda a oposição de sua parte se eu prometesse, por três meses, deixar o assunto em suspenso e, durante esse tempo, contentar-me em cultivar a amizade da dama sem reivindicar seu amor. Prometi, e assim o assunto fica em compasso de espera.

Assim, aí está esclarecido um dos nossos pequenos mistérios. Pelo menos algo tocou o solo em algum lugar desta charneca em que estamos mergulhados. Sabemos agora por que Stapleton parecia contrário ao pretendente de sua irmã... mesmo sendo ele tão qualificado como Sir Henry. E, neste ponto, passo para outro fio que tirei da meada emaranhada, o mistério dos soluços da noite, do rosto manchado de lágrimas da Sra. Barrymore, da jornada secreta do mordomo até a janela do lado oeste. Felicite-me, meu caro Holmes, e diga-me que não o desapontei como agente, e que você não se arrepende da confiança que depositou em mim quando me enviou. Todas essas coisas foram completamente esclarecidas pelo trabalho de apenas uma noite.

Bem, não exatamente "pelo trabalho de apenas uma noite". Na verdade, foram duas noites de trabalho, pois na primeira não descobrimos absolutamente nada. Fiquei com Sir Henry em seus aposentos até quase três horas da madrugada, mas não ouvimos nenhum tipo de som a não ser o badalar das horas do carrilhão no alto das escadas. Foi uma vigília melancólica que terminou com cada um de nós adormecido em sua cadeira. Felizmente, não desanimamos e decidimos tentar mais uma vez. Na noite seguinte, diminuímos a iluminação e nos sentamos, fumando, sem emitir o menor ruído. Era incrível como as horas se arrastavam lentamente, e mesmo isso nos ajudou por despertar o mesmo tipo de paciente interesse que o caçador deve sentir ao observar a armadilha na qual ele espera que sua caça caia. Uma badalada, e duas, e quase que, em desespero, desistimos pela segunda vez quando, de repente, ambos nos sentamos empertigados em nossas cadeiras, com todos os nossos cansados sentidos em alerta de novo. Ouvimos o rangido de passos no corredor.

Muito furtivamente acompanhamos o som dos passos até silenciarem na distância. Então, o baronete abriu com cautela a porta e partimos em perseguição. Nosso homem já havia percorrido a galeria e o corredor estava mergulhado na escuridão. Avançamos com suavidade até que chegamos à outra ala a tempo de vislumbrarmos a figura alta e de barba negra, os ombros curvados atravessando a passagem na ponta dos pés. Então cruzou a mesma porta de antes, e a chama da vela o emoldurou na escuridão, lançando um único raio de luz amarelo através da escuridão do corredor. Esgueiramo-nos cautelosamente em sua direção, testando cada tábua antes de nos atrevermos a colocar todo o peso sobre ela. Tomáramos a precaução de deixar nossas botinas para trás, mas, mesmo assim, as velhas tábuas estalavam e rangiam sob nossos pés. Às vezes, parecia impossível que nossa perseguição não fosse ouvida. No entanto, felizmente o homem é bastante surdo e permanecia absorto no que estava fazendo. Quando, finalmente, chegamos à porta e espreitamos por meio dela, encontramo-lo agachando-se na janela, a vela na mão, o rosto pálido e atento pressionado contra o vidro, exatamente como eu o vira duas noites antes.

Não havíamos organizado nenhum plano de ação, mas o baronete é um homem para quem o caminho direto soa sempre o mais natural. Ele entrou no quarto e, ao fazê-lo, Barrymore saltou da janela com um guincho agudo e ficou de pé, lívido e trêmulo, diante de nós. Seus olhos escuros, destacando-se na máscara branca de seu rosto, encheram-se de horror e espanto enquanto olhava de Sir Henry para mim.

— O que está fazendo aqui, Barrymore?

— Nada, Sir. — Sua agitação era tão grande que mal conseguia falar, e as sombras dançavam para cima e para baixo com a agitação da vela. — Era a janela, Sir. Dou uma volta à noite para ver se estão fechadas.

— No segundo andar?

— Sim, Sir, todas as janelas.

— Olhe aqui, Barrymore — disse Sir Henry severamente —, preferimos saber a verdade por você; vai lhe poupar problemas se contar a verdade mais cedo do que mais tarde. Agora vamos! Sem mentiras! O que estava fazendo na janela?

O sujeito olhou para nós desamparado e apertou as mãos como alguém que está no limite extremo da dúvida e do sofrimento.

— Eu não estava fazendo nada de mal, Sir. Apenas segurava uma vela na janela.

— E por que você estava segurando uma vela na janela?

— Não me pergunte, Sir Henry... não me pergunte! Dou-lhe minha palavra que, por ser um segredo que não é meu, não posso contar-lhe. Se não interessasse a ninguém além de mim, não tentaria manter a verdade escondida do senhor.

Uma ideia repentina me ocorreu e peguei a vela da mão trêmula do mordomo.

— Ele deve ter segurado isso como um sinal — expliquei. — Vamos ver se há alguma resposta. — Segurei-a como ele tinha feito e olhei para a escuridão da noite. Vagamente, pude discernir os limites sombrios das árvores e a vastidão mais clara da charneca, pois a Lua estava por trás das nuvens. E então dei um grito exultante, pois um minúsculo ponto de luz amarela subitamente atravessou o véu escuro e brilhou firme no centro do quadrado preto emoldurado pela janela.

— Lá está! — gritei.

— Não, não, senhor, não é nada... Absolutamente nada! — interrompeu o mordomo. — Asseguro-lhe isso, senhor.

— Mova a chama pela janela, Watson! — orientou o baronete. — Veja se o outro move também! Agora, seu patife, você nega que é um sinal? Vamos, diga! Quem é o seu parceiro lá fora e que conspiração está acontecendo?

O rosto do homem tornou-se abertamente desafiador.

— É da minha conta apenas e não da sua. Não lhe contarei.

— Então você deixa este emprego imediatamente.

— Muito bem, Sir. Se é assim, partirei.

— E vá em desgraça. Pelos céus, você deve se envergonhar de si mesmo. Sua família viveu com a minha por mais de cem anos sob este teto, e aqui eu o encontro com um plano sombrio contra mim.

— Não, não, Sir; não, não contra o senhor! — Era a voz de uma mulher, e a Sra. Barrymore, mais pálida e com uma expressão mais horrorizada do que o marido, estava de pé à porta. Sua figura volumosa em um xale e saia poderia ser cômica não fosse pela intensidade do sentimento em seu semblante.

— Temos de ir, Eliza. Este é o fim. Você pode arrumar nossas coisas — disse o mordomo.

— Oh, John, John, eu o envolvi nisso... É um problema meu, Sir Henry, todo meu. Ele não fez nada. O que fez foi por mim, atendendo a um pedido meu.

— Diga, então! O que isso significa?

— Meu infeliz irmão está morrendo de fome na charneca. Não podemos deixá-lo perecer em nossos portões. A luz é um sinal de que a comida dele está pronta e a luz lá fora é para indicar o local para a levarmos.

— Então seu irmão é...

— Sim, Sir. O condenado que escapou. Selden, o criminoso.

— Essa é a verdade, Sir — interveio Barrymore. — Como lhe disse, não era segredo meu e não podia contá-lo. Mas agora que o sabe, pode ver que, mesmo que houvesse uma conspiração, não seria contra o senhor.

Era essa a explicação das expedições furtivas à noite e da luz na janela. Sir Henry e eu olhamos perplexos para a mulher. Seria possível que aquela respeitável pessoa tivesse o mesmo sangue de um dos criminosos mais notórios do país?

— Sim, Sir, meu nome era Selden, e ele é meu irmão mais novo. Nós o protegemos demais quando era um rapaz e lhe facilitamos tudo na vida, até ele pensar que o mundo era feito para o seu prazer e que poderia fazer o que quisesse. Então, quando ficou mais velho, conheceu companheiros perversos, e o diabo entrou nele, e com isso partiu o coração de minha mãe e arrastou nosso nome para o chão. De crime em crime, afundou mais e mais, até que a misericórdia de Deus o arrebatou do cadafalso; mas, para mim, Sir, ele sempre foi o menininho de cabelo encaracolado de quem eu cuidava e com quem brincava como faria qualquer irmã mais velha. Foi por isso que ele fugiu da prisão, Sir. Soube que eu estava aqui e que não poderíamos nos recusar a ajudá-lo. Quando apareceu uma noite, cansado e faminto, com os guardas em seus calcanhares, o que poderíamos fazer? Nós o acolhemos, alimentamos e cuidamos dele. Então o senhor chegou, e meu irmão achou que, até a perseguição acabar, estaria mais seguro na charneca do que em qualquer outro lugar e, portanto, escondeu-se lá. Mas a cada noite nos certificávamos de que ainda estava lá colocando uma luz na janela, e, se houvesse uma resposta, meu marido levava um pouco de pão e carne para Selden. Todos os dias esperávamos que partisse, mas, enquanto continuasse lá, não poderíamos abandoná-lo. Essa é toda a verdade; como sou uma mulher cristã honesta, o senhor constatará que, se há culpa no assunto, não é de meu marido, mas minha, por quem ele fez tudo o que fez.

As palavras da mulher vieram impregnadas de absoluta sinceridade, o que avalizou sua convicção.

— A história é verdadeira, Barrymore?

— Sim, Sir Henry. Cada palavra.

— Bem, não posso culpá-lo por ficar ao lado de sua esposa. Esqueça o que eu disse. Vão para o seu quarto, vocês dois, e falaremos mais sobre esse assunto pela manhã.

Quando eles saíram, olhamos novamente pela janela. Sir Henry abriu-a e sentimos o vento frio da noite em nosso rosto. Longe, na distância negra, ainda brilhava aquele minúsculo ponto amarelo de luz.

— Pergunto-me como ele ousa — disse Sir Henry.

— A luz deve estar posicionada de modo que seja visível apenas daqui.

— Muito provavelmente. A que distância acredita que está?

— Acho que perto do pico da Fenda.

— Não mais de dois a três quilômetros.

— Certamente, não mais que isso.

— Bem, não pode estar longe se Barrymore leva a comida até lá. E aquele miserável está esperando, ao lado daquela vela. Mas que droga, Watson, vou sair e capturar o homem!

O mesmo pensamento passou pela minha cabeça. Não era como se os Barrymore nos tivessem confidenciado. O segredo que guardavam lhes foi tirado. O homem representava um perigo para a comunidade, um rematado canalha para quem não havia nem piedade nem desculpa. Estávamos apenas cumprindo o nosso dever em aproveitar a oportunidade de colocá-lo de volta onde não poderia fazer mal a ninguém. Dotado de natureza brutal e violenta, outros pagariam o preço se cruzássemos os braços. Por exemplo, a qualquer noite, nossos vizinhos, os Stapleton, poderiam ser atacados por ele, e talvez esse pensamento tenha tornado Sir Henry tão interessado na aventura.

— Eu irei — adiantei.

— Então pegue seu revólver e coloque as botinas. Quanto mais cedo começarmos, melhor, ou o sujeito pode apagar a chama e sumir.

Em cinco minutos estávamos do lado de fora da porta, começando nossa expedição. Apressamo-nos pelo matagal escuro, em meio ao gemido monótono do vento de outono e ao farfalhar das folhas que caíam. O ar da noite estava pesado com o cheiro de umidade e de vegetação apodrecida. De vez em quando, a lua espreitava por um instante, mas as nuvens cruzavam o céu e, assim que saímos para a charneca, uma chuva fina começou a cair. A luz ainda continuava brilhando à frente.

— O senhor está armado? — perguntei.

— Tenho um chicote.

— Precisamos nos aproximar dele rapidamente, pois dizem que é um sujeito desesperado. Vamos pegá-lo de surpresa e tê-lo à nossa mercê antes que resista.

— Diga-me, Watson — pediu o baronete —, o que Holmes falaria disso tudo? O que falaria daquela hora das trevas em que o poder do mal é exaltado?

Como se em resposta às suas palavras, subitamente emergiu da vasta escuridão da charneca aquele estranho grito que eu já ouvira nas margens do grande Grimpen Mire. Veio trazido pelo vento através do silêncio da noite, um longo e profundo murmúrio, depois um uivo crescente, e, em seguida, um triste gemido, até desaparecer. Repetidas vezes soou, vibrando pelo ar, estridente, selvagem e ameaçador. O baronete agarrou minha manga e seu rosto reluziu na escuridão de tão pálido.

— Meu Deus! O que é isso, Watson?

— Não sei. É um som que, segundo dizem, existe na charneca. Já o ouvi uma vez.

O som desvaneceu e fomos envolvidos por um silêncio absoluto. Apuramos os ouvidos, mas não escutamos mais nada.

— Watson — disse o baronete —, foi o uivo de um cão.

Meu sangue gelou nas veias, pois um tremido na voz de Sir Henry denunciou o súbito horror que o dominara.

— Como eles chamam esse som? — perguntou.

— Quem?

— O povo do campo.

— Ora, são pessoas ignorantes. Por que deveria se importar com o nome como o chamam?

— Diga-me, Watson, o que eles falam sobre isso?

Hesitei, mas não consegui escapar da pergunta.

— Dizem que é o uivo do Cão dos Baskerville.

Ele gemeu e silenciou por alguns instantes.

— Foi um cão de caça — concluiu por fim. — Mas parecia vir de quilômetros de distância, acho que daquele lado.

— É difícil dizer de onde veio.

— Ele aumentou e diminuiu com o vento. Não é a direção do grande Grimpen Mire?

— Sim.

— Bem, veio de lá. Agora, Watson, você não acha que foi o uivo de um cão? Não sou criança. Não precisa ter medo de falar o que pensa de verdade.

— Stapleton estava comigo quando ouvi o som da última vez. Disse que poderia ser o chamado de um pássaro raro.

— Não, não, era um cão. Meu Deus, será que pode haver alguma verdade em todas essas histórias? Será possível que eu esteja de fato correndo perigo por uma causa tão sombria? Você não acredita nisso, não é, Watson?

— Não, não.

— E, no entanto, uma coisa é rirmos da história em Londres, e outra é estarmos aqui, na escuridão da charneca, e ouvir um grito como esse. E meu tio! Havia a pegada de um cão ao lado de onde caiu. Tudo se encaixa. Não me considero covarde, Watson, mas esse som pareceu congelar meu sangue. Sinta minha mão!

Estava tão fria quanto um bloco de mármore.

— Estará bem amanhã.

— Acho que não vou conseguir tirar esse grito da cabeça. O que aconselha que façamos agora?

— Será que devemos voltar atrás?

— Não, pelos céus. Saímos para pegar nosso homem e vamos fazê-lo. Nós, atrás do condenado, e um cão do inferno, talvez sim, talvez não, atrás de nós. Vamos! Veremos se todos os demônios do inferno estão soltos na charneca.

Avançamos lentamente na escuridão, com o perfil negro das colinas escarpadas ao nosso redor, e o ponto amarelo de luz ainda brilhando à nossa frente. Não há nada tão enganoso quanto a distância de uma luz em uma noite escura como breu, pois, às vezes, o brilho podia parecer estar longe no horizonte e, às vezes, podia estar a poucos metros de nós. Mas, finalmente, vimos de onde vinha, e então soubemos que estávamos mesmo muito próximos. Uma vela gotejante prendia-se em uma fenda nas rochas que a flanqueavam de ambos os lados, de modo a evitar que o vento a atingisse, e também para que ficasse visível apenas na direção do Solar Baskerville. Um pedregulho de granito ocultava nossa aproximação e, agachados por trás dele, olhávamos para o sinal luminoso. Era estranho ver aquela única vela queimando ali, no meio da charneca, sem sinal de vida perto; apenas a chama amarela e reta e o brilho das rochas em cada lado dela.

— O que faremos agora? — sussurrou Sir Henry.

— Espere aqui. Ele deve estar perto da luz. Vamos ver se conseguimos pelo menos vislumbrá-lo.

As palavras mal saíram da minha boca quando nós dois o vimos. Sobre as rochas, na fenda onde a vela queimava, lá estava um rosto maldoso e amarelado, a face de um animal terrível, cheia de cicatrizes e marcada por desejos vis. Sujo de lama, barba eriçada e cabelos emaranhados, bem poderia ter pertencido a um daqueles antigos selvagens que moravam nas cabanas das encostas. A luz abaixo dele se refletia naqueles pequenos e ardilosos olhos que espreitavam com ferocidade à direita e à esquerda, na escuridão, como um animal alerta e selvagem que ouvira os passos dos caçadores.

Evidentemente, alguma coisa despertara as suspeitas do homem. Talvez, Barrymore recorresse a algum sinal particular que havíamos deixado de dar ou, talvez, o fugitivo tivesse algum outro motivo para pensar que nem tudo estava em ordem; mas, de qualquer modo, eu lia medo em seu rosto perverso. A qualquer instante ele poderia apagar a chama e desaparecer na escuridão. Então saltei para frente e Sir Henry agiu do mesmo modo. O condenado lançou-nos uma maldição e arremessou uma pedra, que se estilhaçou contra o pedregulho que nos protegia. Quando se levantou e se virou para correr, vislumbrei sua figura baixa, atarracada e de constituição forte. Nesse momento, por sorte, a lua atravessou as nuvens. Disparamos pelo topo da colina, e lá estava nosso homem correndo, descendo com grande velocidade para o outro lado, saltando sobre as pedras com a agilidade de um cabrito-montês. Com sorte, um tiro de meu revólver o pararia, mas levei a arma apenas para me defender se atacado, e não para atirar em um homem desarmado que estava fugindo.

Éramos ambos corredores rápidos e em condições físicas razoavelmente boas, mas logo percebemos que não tínhamos chance de alcançá-lo. Ainda o vimos sob a luz do luar por um longo tempo, até que se tornou apenas um pequeno ponto movendo-se rapidamente entre as pedras na encosta de uma colina distante. Corremos até nos exaurirmos, mas o espaço entre nós aumentava cada vez mais. Finalmente, arquejando, paramos e nos sentamos em duas pedras enquanto o observávamos desaparecer ao longe.

E foi nesse exato momento que ocorreu alguma coisa muito estranha e inesperada. Tendo desistido da perseguição, sem esperança, levantamo-nos das rochas e já nos virávamos para retornar a casa. À direita, a lua estava baixa, e o pináculo irregular de um rochedo de granito se erguia contra a curva inferior de seu disco plúmbeo. Lá, negra como uma estátua de ébano naquele fundo brilhante, vi delinear-se a silhueta de um homem no topo do rochedo. Não pense que foi uma ilusão, Holmes. Garanto-lhe que nunca na minha vida vi algo com tanta clareza. Tanto quanto conseguia julgar, era um homem alto e magro. Ele posicionava-se com as pernas um pouco separadas, os braços cruzados, a cabeça baixa, como se estivesse meditando sobre aquele gigantesco deserto de turfa e granito que jazia diante dele. Poderia ser o próprio espírito daquele lugar horrível. Mas não era o condenado. Aquele homem estava distante do lugar onde o fugitivo havia desaparecido. Além disso, era muito mais alto. Com um grito de surpresa, apontei-o para o baronete, porém, no instante em que me virei para agarrar seu braço, o homem desapareceu. Sobrou tão somente o rochedo de granito ainda cortando a borda inferior da lua, mas o pico não revelava nenhum traço daquela figura silenciosa e imóvel.

Gostaria de ter ido até lá para procurar aquele rochedo, mas ficava muito distante. O baronete ainda tremia por causa daquele terrível som, que lembrava a história sombria de sua família, e, assim, não se sentia disposto a novas aventuras. Por não ter visto o homem solitário no rochedo, não podia sentir a emoção que aquela estranha presença de postura imponente me havia despertado.

— Um guarda, sem dúvida — garantiu. — A charneca está cheia deles desde que aquele sujeito escapou.

Bem, talvez a explicação seja correta, mas eu gostaria de ter mais provas. Hoje nos comunicamos com as pessoas do Princetown para informar onde devem procurar o homem desaparecido, mas foi uma pena não termos conquistado o triunfo de trazê-lo de volta como nosso prisioneiro. São essas as aventuras da noite passada, e deve reconhecer, meu caro

Holmes, que o relatório o informa muito bem de tudo que ocorreu. Sem dúvida, muito do que lhe digo é irrelevante, mas, ainda assim, penso que é melhor que conheça todos os fatos e selecione por si mesmo aqueles que lhe serão mais úteis para ajudá-lo em suas conclusões. Com certeza, estamos progredindo. No que diz respeito aos Barrymore, descobrimos o porquê de seu comportamento, e isso esclareceu muito a situação. Mas a charneca, com seus mistérios e seus estranhos habitantes, permanece tão inescrutável como sempre. Talvez no meu próximo relatório seja capaz de lançar também alguma luz sobre isso. O ideal seria que pudesse vir até nós. De qualquer forma, receberá de novo, nos próximos dias, notícias minhas.

10

Fragmento do diário do Dr. Watson

Até aqui, tenho sido capaz de mencionar os relatórios que enviei durante esses primeiros dias a Sherlock Holmes. No entanto, neste momento, cheguei a um ponto da narrativa em que sou obrigado a abandonar esse método para, mais uma vez, confiar em minhas lembranças, auxiliado pelo diário que mantive na época. Alguns fragmentos do último deles me levarão às cenas que indelevelmente se fixam em cada detalhe de minha memória. Portanto, continuo a partir da manhã que se seguiu à nossa frustrada perseguição ao condenado e às nossas outras experiências estranhas na charneca.

16 de outubro. Um dia monótono, com neblina e chuvisco. Sobre a casa, amontoam-se nuvens que vez ou outra se elevam, desnudando as curvas sombrias da charneca, com finos e prateados veios nas laterais das colinas e distantes rochedos brilhantes em cujas faces úmidas incide a luz. É melancólico lá no exterior e no ambiente interior. O baronete está soturno depois da euforia da noite. Em meu coração, um peso e um sentimento de perigo iminente — um perigo sempre presente, que é mais terrível porque não consigo defini-lo.

E sou responsável por tal sentimento? Considere a longa sequência de incidentes que apontam para alguma influência sinistra em ação ao nosso redor. Há não só a morte do último ocupante do Solar, cumprindo com exatidão as condições da lenda da família, mas também os reiterados relatos de camponeses sobre o aparecimento de uma estranha criatura na charneca. Por duas vezes eu mesmo ouvi o som que lembrava o distante ladrar de um cão de caça. É incrível, até impossível, que isso, de fato, esteja alheio às leis convencionais da natureza. Um cão espectral que deixa pegadas materiais e preenche o ar com uivos certamente não merece ser imaginado. Stapleton pode acreditar em tal superstição, e também Mortimer, mas, se tenho uma qualidade na terra, é o bom senso, e nada me persuadirá a crer em tal coisa. Caso assim ocorresse, implicaria minha equiparação ao nível desses pobres camponeses que, não contentes com um mero cão demônio, ainda precisam descrevê-lo lançando da boca e dos olhos o fogo do inferno. Holmes nem mesmo ouviria tais fantasias, e sou seu agente. Entretanto, fatos são fatos, e ouvi duas vezes os uivos na charneca. Supondo-se que realmente exista ali algum enorme cão de caça solto, isso estaria longe de explicar tudo. Mas em que local poderia o animal se esconder, onde conseguiria alimento, de onde veio, como ninguém o via durante o dia? Confesso que a explicação lógica apresenta quase tantas dificuldades quanto a outra. E, além do cão, há sempre o fato da atividade humana em Londres, o homem do *hansom* e a carta que alertou Sir Henry em relação à charneca. Pelo menos isso foi real, mas poderia facilmente tanto ter sido obra de um amigo protetor quanto de um inimigo. Onde está esse amigo ou inimigo agora? Permaneceu em Londres ou nos seguiu até aqui? Seria ele... seria ele o estranho que vi sobre o pico rochoso?

Na verdade, ainda que apenas o tenha vislumbrado de relance, existem coisas pelas quais estou disposto a jurar. Não é uma pessoa que vi aqui embaixo, pois agora conheço toda a vizinhança. A figura era bem mais alta que Stapleton, bem mais magra que Frankland. Talvez Barrymore, mas nós o havíamos deixado para trás e tenho certeza de que ele não nos seguira. A conclusão é que um estranho ainda está nos perseguindo, assim como nos perseguiu em Londres. Nunca nos livramos dele. Se eu conseguisse colocar as mãos naquele homem, finalmente resolveríamos todas as nossas dificuldades. Portanto, preciso agora dedicar todas as minhas energias a esse objetivo.

Meu primeiro impulso foi contar a Sir Henry todos os meus planos. Meu segundo, mais sábio, é jogar meu próprio jogo e falar o mínimo possível do assunto com qualquer pessoa. Sir Henry anda silencioso e distraído, os nervos estranhamente abalados por aquele barulho na charneca. Nada lhe contarei que possa aumentar suas angústias, mas caminharei com meus próprios passos para alcançar aquilo a que me proponho.

Ocorreu uma cena depois do café da manhã. Barrymore pediu licença para falar com Sir Henry, e ambos ficaram fechados no escritório por algum tempo. Sentado na sala de bilhar, mais de uma vez ouvi o som de vozes exaltadas, e logo imaginei do que se tratava a discussão. Mais tarde, o baronete abriu a porta, chamou-me e disse:

— Barrymore tem algo de que reclamar. Considera uma injustiça nossa perseguição a seu cunhado quando, por livre e espontânea vontade, ele nos contou o segredo.

O mordomo, apesar de muito pálido, mostrava-se controlado diante de nós.

— Talvez eu tenha falado impetuosamente, Sir — disse ele. — E, se tiver, peço-lhe perdão. Ao mesmo tempo, eu me surpreendi quando ouvi os dois cavalheiros voltarem esta manhã e descobri que estavam perseguindo Selden. O pobre homem já enfrenta muitos problemas e, portanto, não é justo que se coloque outro em seu caminho.

— Se você tivesse nos contado de livre vontade, seria diferente — retrucou o baronete. — Mas só nos contou, ou melhor, sua esposa nos contou, quando a situação o forçou e você não mais podia ajudar a si mesmo.

— Não pensei que teria se aproveitado disso, Sir Henry... De fato, não.

— O homem é um perigo público. Há casas dispersas pela charneca e ele é um sujeito que não teria escrúpulos diante de nada. Basta um vislumbre do rosto do fugitivo para confirmar isso. Olhe para a casa do Sr. Stapleton, por exemplo, sem ninguém além de si mesmo para defendê-la. Não há pessoa segura até que Selden esteja trancado a sete chaves.

— Ele não arrombará casa alguma, Sir. Dou-lhe minha solene palavra. E nunca mais causará problemas neste país. Asseguro-lhe, Sir Henry, que em poucos dias as medidas necessárias serão tomadas e ele estará a caminho da América do Sul. Pelo amor de Deus, Sir, suplico-lhe que não deixe a polícia saber que ele ainda está na charneca. Desistiram de persegui-lo lá, e meu cunhado poderá ficar sossegado até que o navio esteja pronto para que parta. Não o delate porque, se o fizer, acabará nos colocando, a mim e a minha esposa, em apuros. Rogo-lhe, Sir, que não conte nada à polícia.

— O que acha, Watson?

Encolhi os ombros.

— Se ele estiver mesmo fora do país, isso livrará o contribuinte de um fardo.

— Mas que tal a oportunidade de ele deter alguém antes de ir?

— Ele não faria nada tão insano, Sir. Nós lhe proporcionamos tudo o que ele possa querer. Cometer um crime seria mostrar onde esteve escondido.

— É verdade — disse Sir Henry. — Bem, Barrymore...

— Deus o abençoe, Sir, e obrigado do meu coração! Minha pobre esposa morreria se ele fosse levado mais uma vez.

— Julga que estamos sendo cúmplices de um crime, Watson? Mas, depois do que ouvimos, não sinto que devamos entregar o homem, portanto, vamos colocar uma pedra nesse assunto. Tudo bem, Barrymore, pode ir.

Emitindo algumas palavras descontínuas de gratidão, o homem se virou, mas então hesitou e voltou.

— Sir, o senhor tem sido tão bondoso conosco que eu gostaria de retribuir da melhor forma que puder. Sei de uma coisa, Sir Henry, e talvez devesse tê-la contado antes, mas só muito depois do inquérito a descobri. Nunca pronunciei uma palavra sobre isso a ninguém. Envolve a morte do pobre Sir Charles.

O baronete e eu estávamos ambos em pé.

— Você sabe como ele morreu?

— Não, Sir, não sei.

— Então, o que é?

— Sei por que ele estava no portão àquela hora. Foi lá para encontrar uma mulher.

— Uma mulher? Ele?

— Sim, Sir.

— E qual o nome dela?

— Não posso dar-lhe o nome, Sir, mas posso citar as iniciais: L. L.

— Como as conhece, Barrymore?

— Bem, Sir Henry, seu tio recebeu uma carta naquela manhã. Ele costumava receber muitas, pois era um homem público e conhecido por sua generosidade, razão pela qual todos os que estavam em apuros se sentiam contentes em procurá-lo. Mas naquela manhã, por acaso, havia apenas uma carta, então ela acabou se destacando. Era de Coombe Tracey e foi encaminhada pela mão de uma mulher.

— E daí?

— E daí, Sir, não pensei mais sobre o assunto, e nem mesmo teria pensado se não fosse pela minha esposa. Apenas algumas semanas atrás, ela estava limpando o escritório de Sir Charles, o qual nunca mais fora tocado desde a morte dele, e encontrou as cinzas de uma carta queimada no fundo da lareira. Quase tudo estava carbonizado, mas uma pequena parte, o final de uma página, permanecia intacta, e assim pôde ser lida, ainda que fosse cinza em um fundo preto. Parecia-nos um *post scriptum* no final da carta e dizia: "Por favor, por favor, como o senhor é um cavalheiro, queime esta carta e esteja no portão às dez horas". Abaixo da mensagem, constavam as iniciais L. L.

Fragmento do diário do Dr. Watson

— Você tem esse pedaço de papel?

— Não, Sir, ele se desintegrou depois que o manuseamos.

— Sir Charles recebeu alguma outra carta com a mesma caligrafia?

— Bem, Sir, eu não prestava atenção especial às cartas dele. E nem mesmo notaria essa a qual me refiro se não estivesse ali sozinha.

— E não tem ideia de quem é L. L.?

— Não. Não mais do que o Sir. Mas julgo que, se conseguíssemos colocar as mãos nessa senhora, saberíamos mais sobre a morte de Sir Charles.

— Não compreendo, Barrymore, como ocultou essa informação tão relevante.

— Bem, Sir, foi imediatamente depois de nossa própria infelicidade ter-nos atingido. E repito, Sir, éramos ambos muito afeiçoados a Sir Charles, levando em consideração tudo o que ele fez por nós. Mencionar o fato não ajudaria nosso pobre senhor, e é bom agir com cautela quando há uma senhora no caso. Até o melhor de nós...

— Você pensou que o fato poderia comprometer sua reputação?

— Bem, Sir, achei que nada de bom viria disso. Mas agora, como tem sido tão bondoso conosco, sinto como se o estivesse tratando injustamente se não relatasse tudo o que sei sobre o assunto.

— Muito bom, Barrymore, pode ir. — Assim que o mordomo saiu do escritório, Sir Henry se virou para mim. — Bem, Watson, o que pensa dessa novidade?

— Parece deixar a escuridão mais negra do que antes.

— Também penso assim. No entanto, se conseguirmos apenas identificar as iniciais L. L., isso deverá esclarecer todo o negócio. Ganhamos muito com a informação. Sabemos que há alguém que conhece os fatos, caso a encontremos. O que acha que devemos fazer?

— Permitir a Holmes saber tudo sobre o caso de uma só vez. Isso lhe dará a pista que vem buscando. Estou muito enganado se isso não o atrair.

Fui imediatamente para meu quarto e elaborei para Holmes o relatório da conversa da manhã. Para mim, estava evidente que ele estivera muito ocupado nos últimos dias, pois eram poucos e curtos os comentários que eu tinha da Baker Street, sem quaisquer referências à informação que forneci e quase nenhuma à minha missão. Sem dúvida, seu caso de chantagem está absorvendo todas as suas capacidades. No entanto, com certeza este novo fato deverá prender sua atenção e renovar seu interesse. Eu queria que Holmes estivesse aqui.

17 de outubro. Hoje choveu o dia inteiro, a água farfalhando na hera e pingando dos beirais. Pensei no condenado na deprimente, fria e desabrigada charneca, passando frio e sem lugar aonde ir. Pobre diabo! Independentemente de seus crimes, o infeliz sofreu para se redimir deles. E, então, pensei naquele outro — a face no carro de aluguel, a silhueta contra a lua. Estaria ele também assolado pela chuva, o observador invisível, o homem das trevas? À noite, vesti minha roupa impermeável e caminhei bastante na charneca encharcada repleta de fantasias sombrias, a chuva vindo de encontro ao meu rosto e o vento assobiando em meus ouvidos. Deus ajude aqueles que vagueiam pelo grande lamaçal, pois até os planaltos firmes estão transformando-se em um charco. Encontrei o pico de rochedos negro sobre o qual vi o observador solitário e, do cume escarpado, olhei para mim mesmo através dos declives melancólicos.

Fragmento do diário do Dr. Watson

Raios de chuva atingiam sua face avermelhada, e pesadas nuvens cor de ardósia derramavam-se sobre a paisagem, arrastando-se em grinaldas cinzentas pelas laterais das colinas fantásticas. No vazio distante à esquerda, meio escondidas pela neblina, as duas estreitas torres do Solar Baskerville sobrepujavam-se às árvores. Eram os únicos sinais de vida humana que eu via, excetuando-se aquelas cabanas pré-históricas que densamente povoavam as encostas das colinas. Em nenhum lugar havia qualquer vestígio daquele homem solitário que eu vira ali duas noites antes.

Caminhando de volta, fui ultrapassado pelo Dr. Mortimer conduzindo seu docar[9] por uma trilha da charneca que partia da casa de fazenda de Foulmire. Ele tem sido muito solícito conosco e dificilmente se passou um dia que não nos tenha chamado ao Solar para ver como estávamos indo. Dr. Mortimer insistiu em que eu subisse no docar e então me levou para casa. Estava muito preocupado com o desaparecimento de seu pequeno cão spaniel, que andara em direção à charneca e nunca mais voltara. Consolei-o na medida do possível, mas, lembrando-me do pônei no Grimpen Mire, imagino que ele nunca mais encontrará o cachorrinho.

— Aliás, Mortimer — disse eu enquanto balançávamos pela estrada —, suponho que existam poucas pessoas vivendo nestas vizinhanças as quais o senhor não conheça, não é?

— Acho que dificilmente haja alguma.

— Então, pode me dizer o nome de uma mulher cujas iniciais são L. L.?

Ele refletiu por alguns minutos até responder:

---

[9] Um docar (do inglês *dog+cart* — *dogcart*) é uma leve carruagem de duas rodas altas puxada por um cavalo e equipada com uma cesta para acomodar os cães de caça. (N.T.)

— Não. Há algumas ciganas e trabalhadoras por quem não posso responder, mas entre os fazendeiros ou os senhorios não conheço ninguém com essas iniciais. Espere um pouco. — Ele continuou depois de uma pausa: — Laura Lyons... As iniciais são L. L. Mas a mulher mora em Coombe Tracey.

— Quem é ela? — perguntei.

— É filha de Frankland.

— O quê! O velho Frankland, o ranzinzo?

— Isso mesmo. Ela se casou com um artista chamado Lyons, que veio retratar a charneca. O sujeito se revelou um canalha e a abandonou. A culpa, segundo ouvi, pode não recair inteiramente de um lado. O pai da moça se recusou a manter qualquer relação com ela porque havia se casado sem o consentimento dele, e também talvez por uma ou duas outras razões. Então, entre o velho pecador e aquele jovem, a moça passou maus momentos.

— Como ela vive?

— Imagino que o velho Frankland lhe dê uma ninharia, mas não passa disso, pois os próprios negócios dele estão bem comprometidos. Independentemente de ela ter merecido, não pode permitir que vá de modo irremediável para o mal. Todos aqui conhecem a história da moça e várias pessoas a ajudaram a sobreviver com honestidade. Stapleton foi uma delas; e Sir Charles, outra. Eu mesmo ajudei um pouco, tentando colocá-la em um negócio de datilografia.

Mortimer queria saber o propósito de minhas perguntas, mas, sem lhe contar muito, consegui satisfazer sua curiosidade, pois não há razão para confiarmos a alguém nossa investigação. Amanhã de manhã irei para Coombe Tracey e, se conseguir encontrar essa Sra. Laura Lyons, cuja reputação é duvidosa, terei dado um longo passo para esclarecer um incidente nessa cadeia de mistérios. Com certeza, ando desenvolvendo a prudência da serpente, pois, quando Mortimer me pressionou com suas perguntas até certo ponto inconvenientes, indaguei-lhe casualmente a que tipo pertencia o crânio de Frankland e, portanto, durante o restante de nossa jornada, o assunto se limitou à craniologia. Não tenho convivido por anos com Sherlock Holmes para nada.

Resta-me apenas registrar um outro incidente neste dia turbulento e melancólico: minha conversa com Barrymore, o que me dá mais uma vantagem a que talvez recorra no devido tempo.

Mortimer ficara para o jantar, e depois ele e o baronete jogaram *écarté*[10]. O mordomo serviu-me o café na biblioteca e aproveitei para lhe fazer algumas perguntas:

— Bem — comecei eu —, o precioso vínculo entre vocês com o fugitivo acabou, ou o sujeito ainda anda por lá?

— Não sei, Sir. Rogo ao céu que Selden tenha partido, pois só trouxe problemas aqui! Não ouvi falarem mais nada dele desde que lhe deixei comida há três dias.

— Na ocasião você o viu?

— Não, senhor, mas a comida havia desaparecido quando estive lá.

— Portanto, com certeza ele ainda continuava lá?

— Assim parece, a menos que outro homem a tenha pegado.

---

[10] Um tipo de jogo de cartas, praticado em duplas, com um baralho de 32 cartas, excluindo-se do baralho comum as cartas do 2 ao 6. (N.T.)

Sentei-me com a xícara de café a meio caminho dos lábios e fitei Barrymore.

— Então você sabe que há outro homem?

— Sim, há outro homem na charneca.

— Você já o viu?

— Não, senhor.

— E como sabe que ele existe?

— Selden me contou uma semana ou mais atrás. Ele também está se escondendo, embora não seja um condenado, tanto quanto consigo entender. Não gosto disso, Dr. Watson... Digo-lhe com sinceridade que não gosto nada disso — ele falou com um repentino ardor de seriedade.

— Agora, escute-me, Barrymore! Não tenho interesse nesse assunto, mas no seu senhor. Vim aqui com o único propósito de ajudá-lo. Diga-me, com sinceridade, do que você não gosta.

Por um instante Barrymore hesitou, como se lamentasse o ímpeto de suas palavras ou achasse difícil expressar seus próprios sentimentos.

— De todas essas coisas, senhor! — enfim ele exclamou, acenando com a mão para a janela banhada pela chuva que dava para a charneca. — Juro que em algum lugar há um jogo sujo, e uma vilania negra tramando para isso! Estaria muito feliz se visse Sir Henry retornando a Londres!

— Mas o que é que o inquieta?

— Veja a morte de Sir Charles! Foi péssima, por tudo que o médico legista disse. Veja os ruídos na charneca à noite. Não há um homem sequer que passe por lá depois do pôr do sol nem que lhe paguem. Olhe para aquele estranho escondido lá fora, observando e esperando! Esperando o quê? Qual o significado disso tudo? A situação não é boa para ninguém com o sobrenome Baskerville, e ficarei muito feliz por estar longe no dia em que os novos criados de Sir Henry assumirem o Solar.

— Mas sobre esse estranho — disse eu. — Você pode me contar alguma coisa sobre ele? O que Selden disse? Descobriu onde ele se escondia ou o que estava fazendo?

— Ele o viu uma ou duas vezes, mas é um sujeito muito sério e não revela nada. No começo, ele pensou que era a polícia, mas logo descobriu que o homem sacrificaria a vida por uma causa. Era um tipo de cavalheiro, até onde ele pôde ver, mas o que estava fazendo não conseguiu decifrar.

— E onde Selden disse que ele vivia?

— Entre as velhas casas na encosta... As cabanas de pedra onde os antigos povos costumavam viver.

— Mas como se alimentava?

— Selden descobriu que há um rapazinho que trabalha para ele e lhe leva tudo do que precisa. Ouso dizer que ele vai para Coombe Tracey buscar o que quer.

— Muito útil, Barrymore. Conversaremos mais sobre isso em outro momento.

Quando o mordomo se retirou, fui até a janela enegrecida e olhei através da vidraça embaçada para as nuvens e para o contorno das árvores varridas pelo vento. É uma noite selvagem dentro de casa, e como deve ser em uma cabana de pedra sobre a charneca? Que paixão odiosa leva um homem a espreitar em tal lugar em tal momento tenebroso! E que objetivo profundo e sincero o move e exige dele tamanha provação! Lá, naquela cabana na charneca, parece estar o âmago do problema que tem me exasperado tão duramente. Juro que não passará outro dia antes que eu faça tudo o que um homem pode fazer para alcançar o cerne do mistério.

11

O homem no penhasco

O último capítulo, formado pelo fragmento de meu diário particular, levou minha narrativa até 18 de outubro, época em que os estranhos acontecimentos começaram a se encaminhar rapidamente para uma espantosa conclusão. Os incidentes dos dias seguintes estão indelevelmente gravados em minha memória, e consigo contá-los sem consultar as anotações feitas na época. Inicio no dia que sucedeu àquele em que eu havia estabelecido dois fatos de grande importância: um, que a Sra. Laura Lyons, de Coombe Tracey, havia escrito a Sir Charles Baskerville, com quem marcara um encontro no mesmo lugar e na mesma hora em que ele encontrou a morte, e outro, que o homem à espreita sobre a charneca seria encontrado entre as cabanas de pedra na encosta. De posse desses dois fatos, senti que minha inteligência ou minha coragem seriam parcas se não conseguisse lançar mais luz sobre esses assuntos obscuros.

Não tive oportunidade de contar ao baronete o que soubera sobre a Sra. Lyons na noite anterior, pois o Dr. Mortimer ficou com ele no jogo de cartas até muito tarde. No entanto, no café da manhã, o informei da minha descoberta e perguntei-lhe se gostaria de me acompanhar até Coombe Tracey. A princípio, mostrou-se muito ansioso por ir, mas, refletindo um pouco, pareceu-nos a ambos que, se eu fosse sozinho, os resultados poderiam ser melhores. Quanto mais formal fosse a visita, menos informação seria possível obter. Assim, deixei Sir Henry para trás, não sem algumas alfinetadas na consciência, e parti para minha nova missão.

Quando cheguei a Coombe Tracey, pedi a Perkins que cuidasse dos cavalos e fiz algumas investigações sobre a senhora a quem tinha ido interrogar. Não tive dificuldade em encontrar sua casa, que era bem localizada e equipada. Uma criada deixou-me entrar sem cerimônias e, na sala de estar, uma senhora sentada diante de uma máquina de escrever Remington abriu um agradável sorriso de boas-vindas. Contudo, o sorriso se desfez ao verificar que eu era um estranho, e sentou-se novamente, perguntando qual o objetivo de minha visita.

Minha primeira impressão da Sra. Lyons foi que era extremamente bela. Os olhos e os cabelos da mesma e intensa cor de avelã, e as bochechas, embora sardentas, estavam coradas com um delicado frescor trigueiro, o atrativo rosado que se esconde no coração da rosa tratada com enxofre. A admiração foi, repito, a primeira impressão. Mas a segunda revelou-se crítica. Havia algo sutilmente errado naquele rosto, alguma grosseria da expressão, alguma dureza dos olhos, talvez lábios mais avolumados, o que prejudicava a perfeição da beleza. Mas essas, claro, foram reflexões posteriores. Naquele momento, minha consciência centrava-se apenas na presença de uma mulher muito bonita que me questionava sobre minha visita. Não tinha entendido até aquele instante quão delicada era minha missão.

— Tive o prazer — disse eu — de conhecer seu pai.

Foi uma introdução tola, e a dama me fez perceber isso.

— Não há nada em comum entre mim e meu pai — ela retrucou. — Não devo nada a ele, e nem sequer compartilhamos os mesmos amigos. Se não fosse pelo falecido Sir Charles Baskerville e outros corações bondosos, poderia ter passado fome no que dependesse de meu pai.

— Foi para falar sobre o falecido Sir Charles Baskerville que vim até aqui para vê-la.

As sardas começaram a se desvanecer do rosto da senhora.

— O que posso dizer sobre ele? — perguntou, enquanto seus dedos brincavam nervosamente sobre as teclas da máquina de escrever.

— A senhora o conhecia, não é?

— Já disse que sou bastante grata à gentileza de Sir Henry. Se consigo me sustentar é, em grande parte, devido ao interesse que ele demonstrou por minha infeliz situação.

— A senhora se correspondia com ele?

A mulher olhou-me rapidamente com um brilho zangado nos olhos cor de avelã.

— Qual o objetivo dessas perguntas? — inquiriu bruscamente.

— O objetivo é evitar um escândalo público. É melhor que eu faça as perguntas aqui do que o assunto escapar de nosso controle.

Ela permaneceu em silêncio, o rosto ainda muito pálido. Por fim, olhou para mim com algo de negligente e desafiador em seu jeito.

— Bem, vou responder — concordou. — Quais são as perguntas?

— A senhora se correspondia com Sir Charles?

— Certamente, escrevi para ele uma ou duas vezes em reconhecimento à sua delicadeza e generosidade.

— Tem as datas das cartas?

— Não.

— Alguma vez se encontrou com ele?

— Sim, uma ou duas vezes, quando veio a Coombe Tracey. Era um homem muito reservado e preferia praticar o bem com discrição.

— Mas se o via e lhe escrevia tão raramente, como estava inteirado dos problemas que a envolviam para poder ajudá-la, como diz que ele fez?

Ela esclareceu minha dúvida com a maior prontidão.

— Havia vários senhores que conheciam minha triste história e se uniram para me ajudar. Um deles foi o Sr. Stapleton, vizinho e amigo íntimo de Sir Charles. Ele era extremamente gentil, e por meio dele Sir Charles ficou sabendo dos meus problemas.

Eu já sabia que Sir Charles Baskerville havia tornado Stapleton seu representante em várias ocasiões, de modo que a declaração da moça trazia o cunho da verdade.

— Alguma vez escreveu para Sir Charles pedindo-lhe que se encontrasse com a senhora? — continuei.

Novamente, a Sra. Lyons ficou corada de raiva.

— Senhor, essa é uma questão, de fato, muito inapropriada.

— Sinto muito, senhora, mas preciso insistir na pergunta.

— Então respondo: certamente, não.

— Nem no dia da morte de Sir Charles?

O rubor desapareceu instantaneamente e um semblante sepulcral surgiu diante de mim. Os lábios secos não conseguiram pronunciar o "não" que vi em vez de ouvir.

— Certamente, sua memória a engana — prossegui. — Posso até mesmo citar uma passagem de sua carta: "Por favor, por favor, como o senhor é um cavalheiro, queime esta carta e esteja no portão às dez da noite".

Pensei que ela havia desmaiado, mas com imenso esforço se recuperou.

— Não existe tal coisa de cavalheiros? — arfou.

— Está sendo injusta com Sir Charles. A carta foi mesmo queimada. Mas, às vezes, uma carta pode ser legível até quando queimada. Reconhece agora que a escreveu?

— Sim, escrevi! — gritou, abrindo o coração em uma torrente de palavras. — Eu a escrevi. Por que deveria negar? Não tenho motivos para me envergonhar disso. Queria que Sir Henry me ajudasse. Acreditava que, se me encontrasse com ele, poderia receber alguma ajuda, por isso lhe pedi que me encontrasse.

— Mas por que em tal hora?

— Porque havia acabado de saber que ele estava indo para Londres no dia seguinte e talvez se ausentasse por meses. Havia razões pelas quais eu não poderia comparecer ao encontro mais cedo.

— Mas por que um encontro no jardim em vez de uma visita à casa de Sir Henry?

— O senhor acha que, nesse horário, uma mulher poderia ir sozinha para a casa de um homem solteiro?

— Bem, o que aconteceu quando chegou lá?

— Eu não fui.

— Sra. Lyons!

— Não, juro-lhe por tudo que considero sagrado. Nunca fui. Algo aconteceu e me impediu de ir.

— E o que aconteceu?

— É um assunto particular. Não posso contá-lo.

— Então reconhece que marcou um encontro com Sir Charles na mesma hora e no mesmo lugar em que ele morreu, mas nega que tenha cumprido o compromisso.

— Essa é a verdade.

Continuei insistindo no interrogatório, mas nada consegui além disso.

— Sra. Lyons — falei, ao me levantar da longa e inconclusiva entrevista —, está assumindo uma responsabilidade muito grande e colocando-se em uma posição muito difícil por não esclarecer tudo o que sabe. Se eu tiver de pedir a ajuda da polícia, descobrirá como está seriamente comprometida. Então, se sua posição é se declarar inocente, por que inicialmente negou ter escrito a Sir Charles naquela data?

— Porque temia que tirassem alguma conclusão falsa disso e que me envolvessem em um escândalo.

— E por que a insistência em que Sir Charles destruísse a carta?

— Se o senhor a leu, deve saber.

— Eu não disse que havia lido a carta toda.

— O senhor citou uma parte dela.

— Citei o *post scriptum*. Como eu disse, a carta foi queimada e não era legível. Pergunto-lhe mais uma vez por que estava insistindo tanto que Sir Charles destruísse essa carta recebida no dia em que morreu.

— O assunto é muito particular.

— Mais uma razão por que deve evitar uma investigação pública.

— Então vou contar. Se ouviu alguma coisa sobre minha infeliz história, saberá que fiz um casamento precipitado e tive motivos para me arrepender.

— Ouvi alguma coisa.

— Minha vida tem sido uma perseguição incessante de um marido que abomino. A lei está do lado dele, e todos os dias me deparo com a possibilidade de ser forçada a viver com aquele homem. Na época em que escrevi essa carta para Sir Charles, soube que havia uma possibilidade de recuperar minha liberdade se certas despesas fossem atendidas. Significava tudo para mim: paz de espírito, felicidade, respeito próprio, tudo. Conhecia a generosidade de Sir Charles e pensei que, se ele ouvisse a história de meus próprios lábios, me ajudaria.

— Então, por que não foi?

— Porque nesse ínterim recebi ajuda de outra fonte.

— E por que não escreveu para Sir Charles e explicou o acontecido?

— Teria feito isso se, no jornal na manhã seguinte, não tivesse lido sobre sua morte.

Os elementos da história da mulher se interligavam de forma coerente e todas as minhas perguntas não conseguiram abalá-la. Só poderia confirmar se era verdade verificando se, de fato, ela havia instaurado um processo de divórcio contra o marido na época da tragédia.

Era improvável que se atrevesse a dizer que não fora ao Solar Baskerville se realmente tivesse ido, pois seria necessária uma charrete para levá-la até lá, e ela não conseguiria voltar a Coombe Tracey até as primeiras horas da manhã. Tal jornada não poderia ser mantida em segredo. Portanto, havia a probabilidade de que estivesse dizendo a verdade ou, pelo menos, uma parte da verdade. Saí de lá confuso e desanimado. Mais uma vez havia chegado a um beco sem saída; parecia existir um muro no fim de todos os caminhos pelos quais eu tentava chegar ao objetivo de minha missão. E, no entanto, quanto mais pensava no rosto e no jeito dela, mais sentia que ocultava alguma coisa. Por que ficara tão pálida? Por que lutar contra todas as afirmações até ser forçada a admiti-las? Por que ser tão reticente quanto ao momento da tragédia? Certamente, a explicação de tudo não poderia ser tão inocente quanto ela gostaria que eu acreditasse ser. Por ora, eu não mais prosseguiria nessa direção, mas precisaria voltar àquela outra pista a ser procurada entre as cabanas de pedra na charneca.

E essa era a direção mais vaga. Percebi isso enquanto voltava e notei como, colina após colina, mostrava vestígios do antigo povo. A única indicação de Barrymore dizia respeito ao estranho viver em uma das cabanas abandonadas, e muitas centenas delas estendiam-se por toda a extensão da charneca. Mas eu tinha a experiência como guia, pois havia vislumbrado o homem em pé no cume do Penhasco Negro. Portanto, esse deveria ser o ponto central da minha investigação. De lá, eu precisaria explorar todas as cabanas no pântano até encontrar a certa. Se o homem estivesse dentro de uma, arrancaria de seus próprios lábios, se necessário usando meu revólver, quem ele era e por que nos perseguia por tanto tempo. Ele conseguira se esgueirar de nós na multidão da Regent Street, mas seria complicado escapar na charneca solitária. Por outro lado, se encontrasse a cabana e seu inquilino não estivesse nela, eu permaneceria lá, por mais longa que fosse a vigília, até que retornasse. Holmes o perdera em Londres. De fato, seria um triunfo para mim se conseguisse ter êxito naquilo em que meu mestre havia falhado.

A sorte sempre estivera contra nós em tudo nessa investigação, mas agora, finalmente, vinha em meu auxílio. E o mensageiro da boa sorte não era outro senão o Sr. Frankland, que estava em pé, bigode grisalho e rosto vermelho, do lado de fora do portão do jardim, que se abria para o caminho ao longo do qual eu viajava.

— Bom dia, Dr. Watson! — exclamou com indisfarçável bom humor. — Dê um descanso aos seus cavalos e entre para tomar um copo de vinho e me parabenizar.

Meus sentimentos em relação a ele estavam muito distantes de serem amigáveis depois do que ouvira sobre o tratamento que dispensara à filha, mas me sentia ansioso para mandar Perkins e a charrete para casa, e a oportunidade era boa. Desci e mandei uma mensagem para Sir Henry dizendo que eu deveria chegar a tempo para o jantar. Então, segui Frankland até a sala de jantar.

— É um grande dia para mim, senhor, um dos mais festivos da minha vida — disse com entusiasmo em meio a muitas risadas. — Consegui um triunfo duplo. Quero ensinar a eles, nestas terras, que lei é lei, e que há um homem aqui que não tem medo de invocá-la. Conquistei um direito preferencial de passagem pelo centro do antigo parque de Middleton, bem pelo meio dele, senhor, a menos de cem metros da própria porta da frente. O que acha? Ensinaremos a esses magnatas que eles não podem atropelar os direitos dos cidadãos comuns, confundi-los! E fechei o bosque onde o pessoal de Fernworthy costumava fazer piquenique. Essas pessoas infernais parecem pensar que não há direitos de propriedade e que podem infestar onde quiserem com papéis e garrafas. Ambos os casos decididos, Dr. Watson, e ambos a meu favor. Eu não tinha um dia assim desde que consegui a condenação de Sir John Morland por abuso em razão de ter atirado em sua própria área de pequenos animais de caça.

— Como conseguiu isso?

— Olhe nos livros, senhor. Vale a pena a leitura da obra *Frankland versus Morland,* do Supremo Tribunal, em Londres. Custou-me duzentas libras, mas consegui o meu veredito.

— E o senhor conquistou alguma vantagem com isso?

— Não, senhor, nenhuma. Orgulho-me de dizer que não me interesso pelo assunto. Ajo inteiramente a partir de um senso de dever público. Não tenho dúvidas, por exemplo, de que o povo de Fernworthy vai queimar minha imagem hoje à noite. Na última vez que fizeram isso, eu disse à polícia que deveriam acabar com essas exibições vergonhosas. A Polícia do Condado está uma vergonha, senhor, e não me proporcionou a proteção a que tenho direito. O caso de Frankland *versus* Regina chamará a atenção do público. Eu lhes disse que teriam a oportunidade de se arrepender do tratamento que me dedicaram, e minhas palavras já se tornaram realidade.

— Como assim? — perguntei.

O velho assumiu uma expressão de quem sabia de algum segredo importante.

— Porque eu poderia lhes contar o que estão morrendo de vontade de saber; mas nada, de modo algum, me induziria a ajudar os patifes.

Eu estava procurando alguma desculpa para me livrar daquela conversa banal, mas, de repente, desejei ouvir mais.

Já conhecia o suficiente da natureza do contra do velho pecador para entender que qualquer sinal de interesse seria o caminho mais seguro para que interrompesse suas confidências.

— Sem dúvida, algum caso de caça ilegal? — perguntei com indiferença.

— Há, há, meu rapaz, uma questão muito mais relevante que isso! Que tal o condenado fugitivo da charneca?

Olhei para ele e arrisquei a pergunta:

— Não me diga que sabe onde ele está?

— Posso não saber exatamente o local, mas tenho certeza de que poderia ajudar a polícia a colocar as mãos nele. Nunca lhe ocorreu que a maneira de pegar aquele homem era descobrir onde conseguia alimento e, assim, procurar o caminho até ele?

Com certeza, ele parecia estar chegando desconfortavelmente perto da verdade.

— Sem dúvida — respondi. — Mas como sabe que ele está em algum lugar na charneca?

— Sei porque vi com meus próprios olhos o mensageiro que leva sua comida.

Meu coração parou por Barrymore. Era algo muito sério a verdade estar em poder desse velho mal-humorado e intrometido. Mas sua observação seguinte tirou um peso de mim.

— Ficará surpreso ao saber que o alimento é levado por uma criança. Eu a vejo todos os dias pelo meu telescópio no telhado. Passa pelo mesmo caminho na mesma hora, e a quem deveria levar comida senão ao condenado?

A sorte estava mesmo ali! E, no entanto, disfarcei meu interesse. Uma criança! Barrymore dissera que nosso desconhecido era abastecido por um menino. Foi na pista dele, e não na do condenado, que Frankland tropeçara. Se conseguisse a informação com ele, seria poupado de uma longa e cansativa caçada. Mas a incredulidade e a indiferença eram evidentemente minhas cartas mais fortes.

— Devo dizer que seria muito mais provável que fosse o filho de um dos pastores da charneca que levava o jantar para seu pai.

O pequeno sinal de oposição inflamou o velho autocrata. Olhou-me de forma maligna, e seus bigodes grisalhos eriçaram-se como os de um gato raivoso.

— De fato, senhor! — disse, apontando para a imensa charneca. — Percebe aquele Penhasco Negro lá? Bem, está vendo a colina baixa com o espinheiro sobre ela? É a parte mais pedregosa de toda a charneca. Aquele seria um lugar onde um pastor provavelmente manteria sua criação? O que sugeriu, senhor, é totalmente absurdo.

Retruquei resignado que falei sem conhecer todos os fatos. Minha submissão lhe agradou e o levou a outras confidências.

— Pode ter certeza, senhor, que tenho bons fundamentos antes de chegar a uma opinião. Vi o menino repetidas vezes com o pacote. Todos os dias, e às vezes duas vezes por dia, tenho sido capaz... Mas espere um momento, Dr. Watson. Meus olhos me enganam, ou existe agora mesmo alguma coisa se movendo naquela encosta?

Estava a alguns quilômetros de distância, mas eu podia ver distintamente um pequeno ponto escuro contra o verde opaco e cinzento.

— Venha, senhor, venha! — gritou Frankland, correndo para cima. — Verá com seus próprios olhos e poderá julgar por si mesmo.

O telescópio, um instrumento formidável montado sobre um tripé, ficava sobre uma parte plana do telhado da casa. Frankland olhou por ele e deu um grito de satisfação.

— Rápido, Dr. Watson, rápido, antes que a criança ultrapasse o cume da colina!

Lá estava ele, com certeza, um garoto com um pequeno embrulho no ombro, subindo vagaroso a colina. Quando chegou à crista, vi a figura esfarrapada destacar-se por um instante contra o frio céu azul. Ele olhou ao redor de modo furtivo, como alguém que temesse ser perseguido. E, em seguida, desapareceu do outro lado da colina.

— E então! Não tenho razão?

— Certamente, há um menino que parece estar em uma missão secreta.

— E qual missão até mesmo um policial do condado pode adivinhar. Mas eles não terão nem uma palavra minha, e o obrigo ao segredo também, Dr. Watson. Nenhuma palavra! O senhor entende?

— Como quiser.

— Eles me trataram de forma vergonhosa... vergonhosa. Quando os fatos em Frankland *versus* Regina vierem a público, ouso a pensar que uma onda de indignação percorrerá o campo. De qualquer forma, nada me induziria a ajudar a polícia. Por eles, poderia ter sido eu, em vez da minha efígie, que esses patifes queimaram na fogueira. O senhor não vai embora! Vai me ajudar a esvaziar o decantador em homenagem a esta grande ocasião!

Mas resistindo a todas as suas demandas, consegui dissuadi-lo da intenção de acompanhar-me até o Solar. Permaneci na estrada enquanto seus olhos puderam me acompanhar e, então, atravessei a charneca e fui para a colina pedregosa sobre a qual o menino havia desaparecido. Tudo funcionava a meu favor, e jurei que não haveria de ser por falta de energia ou perseverança que perderia a chance que a sorte lançara em meu caminho.

O sol já se punha quando alcancei o topo da colina, e as longas encostas abaixo de mim eram todas de um tom verde-dourado de um lado e cinza do outro. Uma neblina descia na linha mais distante do céu, da qual se sobressaíam as formas fantásticas dos picos Belliver e Vixen. Sobre a vasta extensão, nenhum som ou movimento. Um grande pássaro cinza, uma gaivota ou um maçarico-esquimó, voou alto no céu azul. Ele e eu parecíamos as únicas coisas vivas entre o enorme arco do céu e o deserto abaixo dele. A cena estéril, a sensação de solidão e o mistério e a urgência da minha missão provocaram um calafrio em meu coração. O menino não estava em lugar algum. Mas abaixo de mim, em um vão entre as colinas, havia um círculo de velhas cabanas de pedra, e no meio delas, uma em que ainda existia um resto de teto para servir de abrigo contra intempéries. As batidas do meu coração se aceleraram quando a vi. Devia ser o refúgio onde o estranho se escondia. Finalmente, meu pé estava no limiar de seu esconderijo... seu segredo ao meu alcance.

Ao me aproximar da cabana, andando com cautela, como Stapleton fazia quando, com a rede posicionada, aproximava-se da borboleta escolhida, tive certeza de que o lugar realmente fora usado como habitação. Uma leve trilha entre os pedregulhos levava à abertura arruinada que servia de porta. Silêncio lá dentro. O desconhecido ou podia estar à espreita ali, ou podia estar rondando a charneca. Meus nervos formigavam ante a sensação de aventura. Jogando fora meu cigarro, empunhei meu revólver e, caminhando rapidamente até a porta, olhei para dentro. O lugar estava vazio.

Mas havia muitos indícios de que eu não havia seguido um falso pressentimento. Certamente, o homem vivia ali. Alguns cobertores envoltos em camadas à prova d'água jaziam sobre a laje de pedra sobre a qual o homem neolítico dormira em tempos ancestrais. As cinzas de um fogo juntavam-se em uma grelha tosca. Ao lado dela, alguns utensílios de cozinha e um balde de água pela metade. Um amontoado de latas vazias mostrava que o lugar era ocupado já havia algum tempo e, quando meus olhos se acostumaram à meia-luz do ambiente, vi um copo metálico e uma garrafa de uma bebida alcoólica pela metade, em pé, no canto. No centro da cabana, sobre uma pedra plana que servia de mesa, havia um pequeno embrulho de tecido, sem dúvida o mesmo que eu vira pelo telescópio no ombro do menino, com um pedaço de pão, língua enlatada e duas latas de pêssegos em conserva. Quando coloquei os alimentos de volta, depois de examiná-los, meu coração quase parou ao ver que, por baixo, havia uma folha de papel com algo escrito. Eu a peguei e li uma mensagem redigida a lápis: "Dr. Watson foi para Coombe Tracey".

Por um minuto fiquei lá, com o papel nas mãos, pensando no significado da mensagem sucinta. Era eu, então, e não Sir Henry, quem estava sendo perseguido pelo homem secreto. Não havia me seguido sozinho, mas tinha colocado um agente — o rapazinho, talvez — na minha trilha, e a frase constituía o seu relatório. Provavelmente, havia observado e relatado todos meus passos desde que estivera na charneca. Sempre tive a sensação de uma força invisível, uma fina rede à nossa volta, mantida com infinita habilidade e delicadeza, envolvendo-nos com tanta suavidade que apenas em algum momento supremo perceberíamos que realmente estávamos emaranhados em suas malhas.

Se havia um relatório, poderia haver outros, então vasculhei a cabana em busca deles. Sem vestígios, não consegui descobrir qualquer pista que indicasse o caráter ou as intenções do homem que vivia em um lugar tão singular, a não ser que devia ter hábitos espartanos e pouco se importava com conforto na vida. Quando pensei nas chuvas fortes e olhei para o telhado aberto, percebi quão forte e persistente devia ser o propósito que o mantinha naquela morada inóspita. Seria um inimigo perverso ou por acaso nosso anjo da guarda? Jurei que não sairia da cabana até descobrir.

Do lado de fora, o sol se punha e o Oeste resplandecia em escarlate e ouro. Sua luz refletia-se em manchas avermelhadas pelas lagoas distantes que ficavam no meio do grande Grimpen Mire. Lá estavam as duas torres do Solar Baskerville, e mais além um borrão de fumaça que indicava a vila de Grimpen.

Entre os dois, atrás da colina, localizava-se a casa dos Stapleton. Tudo estava harmonioso, suave e pacífico na luz dourada do fim de tarde e, ainda assim, olhando a cena, minha alma não compartilhava essa paz da Natureza, mas tremia diante do desconhecido e do terror do encontro a cada instante mais próximo. Com os nervos formigando, mas com um propósito fixo, sentei-me no interior escuro da cabana e esperei com melancólica paciência a chegada do inquilino.

E então, finalmente, ouvi-o. Ao longe, escutei o tilintar agudo de uma botina pisando nas pedras. Então outro e ainda outros mais, cada vez mais próximos. Recuei para o canto mais escuro e preparei a pistola no bolso, determinado a não me deixar ser descoberto até que tivesse a oportunidade de vislumbrar algo do estranho. Uma longa pausa evidenciou que ele havia parado. Então mais uma vez os passos se aproximaram e uma sombra caiu na abertura da cabana.

— Está uma tarde linda, meu caro Watson — disse uma voz bem conhecida. — Acho realmente que você ficará mais confortável aqui fora do que aí dentro.

12

Morte na charneca

Sem fôlego, sentei-me por alguns instantes, mal conseguindo acreditar em meus ouvidos. Então recuperei meus sentidos e minha voz, enquanto o peso esmagador da responsabilidade pareceu, como num passe de mágica, ser tirado da minha alma. Aquela voz fria, incisiva e irônica só podia pertencer a um homem em todo o mundo.

— Holmes! — gritei — Holmes!

— Venha para fora — ele falou —, e tenha cuidado com o revólver.

Inclinei-me sob o lintel tosco, e lá estava ele, sentado em uma pedra do lado de fora, os olhos cinzentos com um ar de diversão quando encontraram minha expressão espantada. Apesar de magro e abatido, mantinha-se limpo e alerta, o rosto inteligente bronzeado pelo sol e castigado pelo vento. Em seu terno de *tweed* e boina de pano, parecia-se com qualquer outro turista na charneca, e havia conseguido, com aquele amor felino pela limpeza pessoal, que era uma de suas características, que seu queixo estivesse tão suave e a roupa de linho tão perfeita como quando estava na Baker Street.

— Nunca fiquei mais feliz em ver alguém na minha vida! — exclamei enquanto apertava sua mão.

— Ou mais surpreso, não é?

— Bem, devo confessar que isso também.

— Garanto-lhe que a surpresa não foi unilateral. Não tinha ideia de que você havia encontrado meu retiro ocasional, menos ainda que estivesse dentro dele, até chegar a vinte passos da porta.

— Presumo que pelo sinal de minha pegada?

— Não, Watson, temo não reconhecer sua pegada em meio a todas as pegadas do mundo. Se você deseja sinceramente me enganar, deve mudar de tabacaria; quando vejo o toco de um cigarro com a inscrição Bradley, Oxford Street, sei que meu caro amigo Watson está na vizinhança. Você o verá lá ao lado da trilha. Jogou-o no chão, sem dúvida, naquele momento supremo em que resolveu entrar na cabana vazia.

— Exatamente.

— Imaginei também, e por conhecer sua admirável tenacidade, estava convencido disso, que você estaria armando uma emboscada, com uma arma ao seu alcance, esperando o inquilino retornar. Então achou mesmo que eu era o criminoso?

— Não sabia quem era, mas estava determinado a descobrir.

— Excelente, Watson! E como me localizou? Talvez tenha me visto na noite da caçada ao condenado, quando fui tão imprudente a ponto de permitir que a lua se levantasse atrás de mim?

— Sim, eu o vi naquela ocasião.

— E, sem dúvida, procurou em todas as cabanas até chegar a esta aqui?

— Não, seu menino foi observado, e isso me deu uma pista de onde procurar.

— Sem dúvida, o velho cavalheiro com o telescópio. Não consegui entender quando vi pela primeira vez a luz brilhar na lente. — Ele se levantou e espiou o interior da cabana. — Ah, vejo que Cartwright trouxe alguns suprimentos. O que é esse papel? Então você esteve em Coombe Tracey, não é?

— Sim.

— Para ver a Sra. Laura Lyons?

— Perfeito.

— Bom trabalho! Nossas pesquisas evidentemente seguem linhas paralelas e, assim que unirmos nossos resultados, espero que tenhamos uma compreensão bem completa do caso.

— Bem, alegro-me, do fundo do meu coração, que você esteja aqui, pois, de fato, a responsabilidade e o mistério estavam se tornando demais para os meus nervos. Mas como, em nome de Deus, você veio parar aqui e o que tem feito? Pensei que estivesse na Baker Street trabalhando naquele caso de chantagem.

— Era o que eu queria que você pensasse.

— Então você me usa, e ainda assim não confia em mim! — reclamei, com alguma amargura. — Acho que mereço maior consideração de sua parte, Holmes.

— Meu caro amigo, você tem sido de um valor inestimável para mim tanto neste como em muitos outros casos, e imploro-lhe que me perdoe se pareço querer enganá-lo. Na verdade, em parte agi desse modo para seu próprio bem, e foi por considerar o perigo que você corria que vim até aqui para investigar o assunto por mim mesmo. Se eu estivesse com Sir Henry e você, estou certo de que meu ponto de vista seria igual ao seu, e minha presença levaria nossos formidáveis adversários a ficarem de guarda. Dessa maneira, pude fazer o que não conseguiria ter feito se estivesse com vocês no solar, e continuo um elemento surpresa no assunto, pronto para me lançar nele em um momento decisivo.

— Mas por que me manter alheio à verdade?

— Porque, se você soubesse, poderia não nos ter ajudado e talvez até levado a que eu fosse descoberto. Teria desejado contar-me alguma coisa ou, por sua gentileza, trazido um conforto ou outro para mim, correndo, assim, um risco desnecessário. Cartwright veio comigo, aquele rapazinho da agência de mensageiros, e ele atende às minhas necessidades básicas: um pedaço de pão e um colarinho limpo. De que mais um homem precisa? Ele me deu um par extra de olhos sobre um par de pés muito ativos, e ambos se revelaram inestimáveis.

— Então meus relatórios foram todos desperdiçados! — Minha voz tremeu quando me lembrei dos sofrimentos e do orgulho com que os elaborara.

Holmes tirou do bolso um pacote com papéis.

— Aqui estão seus relatórios, meu caro amigo, e asseguro-lhe que muito bem manuseados. Fiz acertos excelentes, e eles só se atrasaram um dia. Preciso parabenizá-lo pelo zelo e pela inteligência que demonstrou em um caso extraordinariamente difícil.

Ainda estava bastante irritado por ter sido enganado, mas o caloroso elogio de Holmes eliminou a raiva de minha mente. Entendi também que ele estava certo no que dizia, e que havia sido bem melhor para o nosso propósito que eu não soubesse que ele estava na charneca.

— Assim está melhor — afirmou ele, vendo a expressão de pesar desaparecer do meu rosto. — E agora me conte o resultado da sua visita à Sra. Laura Lyons... Não foi difícil deduzir que você foi lá para vê-la, pois já estou ciente de que ela é a única pessoa em Coombe Tracey que talvez nos seja útil nesse assunto. Na verdade, se você não tivesse ido hoje, é muito provável que eu fosse amanhã.

O sol se pôs e a escuridão se instalou na charneca. O ar esfriou e entramos na cabana em busca de calor. Ali, sentados juntos no crepúsculo, relatei a Holmes minha conversa com a senhora. Ele se interessou tanto que tive de repetir algumas passagens duas vezes antes que ficasse satisfeito.

— Isso é muito importante — observou, quando concluí o relato. — Preenche uma lacuna que não consegui concatenar neste caso tão complexo. Talvez você esteja ciente de que existe muita intimidade entre essa senhora e o homem Stapleton?

— Não sabia de tal intimidade.

— Não restam dúvidas disso. Ambos se encontram, se correspondem, há um completo entendimento entre eles.

Agora, isso coloca uma arma muito poderosa em nossas mãos. Se eu pudesse usá-la apenas visando à esposa dele...

— Esposa?

— Sou eu agora que lhe dou algumas informações em troca de todas as que me deu. A mulher que se passa aqui por Srta. Stapleton é, na realidade, a Sra. Stapleton, esposa dele.

— Bom Deus, Holmes! Tem certeza do que diz? Como ele permitiria que Sir Henry se apaixonasse por ela?

— Sir Henry apaixonar-se não causaria mal a ninguém, exceto a ele próprio. Stapleton tomou muito cuidado para que Sir Henry não tivesse contato físico com a moça, como você mesmo observou. Repito que a dama é sua esposa, não sua irmã.

— Mas por que essa fraude tão bem elaborada?

— Porque previu que a esposa seria muito mais útil para ele no papel de mulher livre.

Todos os meus instintos não expressos e minhas vagas suspeitas subitamente tomaram forma e se concentraram no naturalista. Naquele homem impassível e pálido com chapéu de palha e rede de borboletas parecia vislumbrar algo terrível... Uma criatura de infinita paciência e habilidade com um semblante sorridente e um coração assassino.

— É ele, então, o nosso inimigo... Foi ele quem nos perseguiu em Londres?

— Assim considero o enigma.

— E o alerta... deve ter vindo dela!

— Exatamente.

A forma de alguma vilania monstruosa, meio vista, meio adivinhada, pairava na escuridão que me cingia havia tanto tempo.

— Tem certeza, Holmes? Como sabe que a mulher é esposa dele?

— Porque ele se esqueceu de lhe contar, na ocasião em que o conheceu, sua verdadeira autobiografia, e ouso dizer que desde então se arrependeu disso mais de uma vez. O homem já foi dono de uma escola no norte da Inglaterra. E não há ninguém mais fácil de ser rastreado do que um profissional da área. Existem agências escolares pelas quais se pode identificar qualquer homem que tenha atuado na profissão. Uma pequena investigação me mostrou que uma escola havia fracassado sob circunstâncias atrozes, e que o proprietário dela, o nome era diferente na época, desaparecera com a esposa. As descrições coincidiram. Quando soube que o homem desaparecido se dedicava à entomologia, a identificação completou-se.

A escuridão aumentava, mas muito ainda se escondia pelas sombras.

— Se, na verdade, essa mulher é esposa dele, onde se encaixa a Sra. Laura Lyons? — questionei.

— Esse é um dos aspectos sobre os quais suas investigações lançaram uma luz. A entrevista com a senhora esclareceu muito da situação. Eu não sabia sobre um divórcio previsto entre ela e o marido. Nesse caso, considerando Stapleton um homem solteiro, ela esperava, sem dúvida, tornar-se esposa dele.

— E quando ela descobrir?

— Então, poderemos encontrar a dama a nosso serviço. Primeiro, temos a obrigação de encontrá-la, nós dois, amanhã.

Não acha, Watson, que está longe de sua responsabilidade aqui há muito tempo? Deveria estar no Solar Baskerville.

As últimas faixas vermelhas haviam desaparecido no Oeste e a noite descera sobre a charneca. Algumas débeis estrelas brilhavam em um céu cor de violeta.

— Uma última pergunta, Holmes — disse eu enquanto me levantava. — Certamente, não há necessidade de segredo entre eu e você. Qual o significado disso tudo? O que ele está querendo?

Holmes baixou a voz ao responder:

— Assassinato, Watson... refinado, a sangue-frio, premeditado. Não me peça detalhes. Minhas redes estão se fechando sobre ele, assim como as dele estão envolvendo Sir Henry, e graças a sua ajuda ele já está quase à minha mercê. Apenas um perigo que pode nos ameaçar: ele atacar antes de estarmos preparados. Mais um dia, dois no máximo, e terei meu caso encerrado, mas até lá cuide de seu cliente tão de perto quanto uma mãe carinhosa cuida do filho doente. Sua missão hoje se justificou; no entanto, eu quase desejaria que você não tivesse saído do lado dele. Ouça!

Um grito terrível, um prolongado grito de horror e angústia explodiu no silêncio da charneca. Aquele som assustador transformou o sangue em gelo em minhas veias.

— Oh, meu Deus! — arfei. — O que é? O que isso significa?

Holmes levantou-se de um salto e vi sua silhueta atlética e escura na porta da cabana, com os ombros inclinados, a cabeça para frente, olhando a escuridão.

— Silêncio! — sussurrou. — Silêncio!

O grito fora alto por causa de sua intensidade, mas havia saído de algum lugar distante na planície sombria. Naquele momento, explodia em nossos ouvidos, mais próximo, mais alto, mais urgente do que antes.

— De onde vem? — Holmes sussurrou; e eu sabia, pela emoção de sua voz, que ele, o homem de ferro, estava profundamente aflito. — De onde vem, Watson?

— Acho que de lá. — Apontei para a escuridão.

— Não, lá!

Mais uma vez, o grito agonizante varreu a noite silenciosa, mais alto e mais próximo do que nunca. E um novo som se misturou a ele, um ruído profundo e sonoro, ainda que ameaçador, aumentando e diminuindo como o murmúrio baixo e constante do mar.

— O cão! — gritou Holmes. — Venha, Watson, venha! Os céus nos ajudem se chegarmos tarde demais!

Ele começou a correr pela charneca, e eu o segui de perto. Mas de algum lugar no meio do solo irregular imediatamente à nossa frente, surgiu um último grito desesperado e depois um baque surdo e pesado. Paramos e ficamos escutando. Nenhum outro som quebrou o silêncio da noite sem vento.

Vi Holmes colocar a mão na testa como um homem desgostoso. E bater com força o pé no chão.

— Ele nos derrotou, Watson. Chegamos tarde demais.

— Não, não, não pode ser!

— Fui tolo em esperar demais. E você, Watson, veja no que deu abandonar sua missão! Mas, pelos céus, se o pior aconteceu, nós o vingaremos!

Corremos às cegas pela escuridão, tropeçando em pedregulhos, forçando nosso caminho através de arbustos de junco, arquejando ao subir e descer colinas, indo sempre na direção daqueles sons horríveis. A cada subida, Holmes olhava ansiosamente ao redor, mas as sombras estavam espessas sobre a charneca, e nada se movia em sua superfície sombria.

— Consegue ver alguma coisa?

— Nada.

— Mas, ouça, que som é esse?

Um gemido baixo chegou aos nossos ouvidos. De novo, à nossa esquerda! Daquele lado, uma cadeia de rochas terminava em um penhasco, que dava para um declive repleto de pedras em cuja encosta pedregosa jazia um objeto escuro e irregular. Enquanto corríamos em sua direção, o vago esboço tomou forma definida. Era um homem prostrado de bruços no chão, a cabeça dobrada por baixo dele em um ângulo horrível, os ombros arredondados e o corpo curvado como se estivesse dando uma cambalhota. Tão grotesca era sua posição que naquele momento não consegui perceber que aquele gemido fora o transcurso de sua alma. Nem um sussurro, nem um movimento vinha daquela figura escura sobre a qual nos inclinamos. Holmes o ergueu, mais uma vez emitindo uma exclamação de horror. O brilho fraco do fósforo que acendera iluminou os dedos ensanguentados e a horrível poça que se alastrava lentamente do crânio fraturado da vítima. E iluminou outra coisa, que deixou nossos corações tristes e enfraquecidos: o corpo de Sir Henry Baskerville!

Não havia a menor chance de qualquer um de nós esquecer aquele peculiar terno de *tweed* avermelhado, o mesmo que ele usara na primeira manhã em que o tínhamos visto em Baker Street. Tivemos apenas um vislumbre dele, e então o fósforo cintilou e apagou, ao mesmo tempo em que nossa esperança se desvanecia de nossas almas. Holmes gemeu e seu semblante reluziu pálido através da escuridão.

— Animal! Animal! — gritei, com as mãos cerradas. — Oh, Holmes, nunca vou me perdoar por tê-lo deixado abandonado ao próprio destino.

— Sou mais culpado do que você, Watson. Para ter meu caso bem amarrado e completo, joguei fora a vida do meu cliente. É o maior golpe que já aconteceu em minha carreira. Mas como eu poderia saber... Como poderia saber que ele arriscaria a vida sozinho na charneca apesar de todos os meus avisos?

— E escutamos seus gritos... Meu Deus, aqueles gritos! E ainda assim não conseguimos salvá-lo! Onde está esse animal, esse cão que o levou à morte? Talvez à espreita entre essas rochas neste exato momento. E Stapleton, onde ele está? Responderá por este ato!

— Sim. Providenciarei para que isso ocorra. Tio e sobrinho assassinados. O primeiro, apavorou-se até a morte pela simples visão de uma fera que julgava sobrenatural; o segundo, induzido ao fim em um voo louco para escapar dela. Mas agora temos de provar a conexão entre o homem e a fera. Salvo pelo que ouvimos, não podemos sequer jurar a existência da besta, uma vez que a morte de Sir Henry, evidentemente, foi causada pela queda. Mas, pelos céus, ardiloso como é, o sujeito estará em meu poder antes que passe outro dia!

Com os corações amargurados, posicionamo-nos um de cada lado do corpo mutilado, destroçados por esse desastre súbito e irrevogável que levou todos os nossos longos e cansativos trabalhos a um fim tão lamentável. Então, à medida que a lua se elevava, subimos até o topo das rochas das quais nosso pobre amigo havia caído, e lá de cima olhamos a charneca sombria, metade em tom plúmbeo e metade na escuridão. Ao longe, a quilômetros de distância, na direção de Grimpen, uma única e firme luz amarelada brilhava. Só podia vir da morada solitária dos Stapleton. Maldizendo com amargura, brandi minha mão fechada naquela direção enquanto a olhava.

— Por que não o capturamos imediatamente?

— Nosso caso não está completo. O sujeito é cauteloso e astuto em último grau. Não se trata do que sabemos, mas do que podemos provar. Se fizermos um movimento em falso, o canalha ainda escapará de nós.

— O que podemos fazer?

— Haverá muito para fazermos amanhã. Esta noite só nos resta realizar os últimos ofícios para nosso pobre amigo.

Juntos, descemos a encosta íngreme e nos aproximamos do corpo, escuro e nítido, contra as rochas prateadas. A agonia daqueles membros contorcidos me atingiu com um espasmo de dor e encheu meus olhos de lágrimas.

— Devemos buscar ajuda, Holmes! Não conseguiremos levá-lo até o solar. Pelos céus, você está louco?

Ele dera um grito e se inclinara sobre o corpo. Naquele momento, dançava, ria e apertava minha mão. Seria ele mesmo meu severo e controlado amigo? Aquilo representava, de fato, um ardor oculto!

— Barba! Uma barba! O homem tem barba!

— Barba?

— Não é o baronete... O sujeito é... Ora, é meu vizinho, o condenado!

Com pressa febril, viramos o corpo e aquela barba pingando sangue ficou exposta à lua fria e clara. Não restava dúvida sobre a testa saliente, os fundos olhos selvagens. Era, de fato, o mesmo rosto que, sobre a rocha, olhara para mim à luz da vela... O rosto de Selden, o criminoso.

Então em um instante tudo ficou claro para mim. Lembrei-me de como o baronete me contara que havia dado seu antigo guarda-roupa a Barrymore. Este, por sua vez, doara-o a Selden para ajudá-lo na fuga. Botinas, camisa, chapéu, tudo pertencera a Sir Henry. A tragédia ainda era muito sinistra, mas, pelo menos, pelas leis de seu país, o fugitivo merecia a morte. Contei a Holmes como as coisas haviam se passado, meu coração borbulhando de gratidão e alegria.

— Então as roupas foram as responsáveis pela morte do pobre diabo — refletiu. — Está bastante claro que atiçaram o cão com algum artigo de Sir Henry, a bota que foi roubada no hotel, com toda a probabilidade, e assim veio atrás deste homem. No entanto há uma coisa muito singular em tudo isso: como Selden, na escuridão, conseguiu saber que o cão estava atrás dele?

— Ouvindo-o.

— Ouvir um cão na charneca não levaria um homem duro como este condenado a uma situação tal de terror que arriscaria ser recapturado ao gritar desesperadamente por ajuda. Pelos gritos, ele deve ter corrido muito depois de perceber que o animal estava em seu encalço. Como ele soube?

— Um mistério maior para mim é por que esse cão, presumindo que todas as nossas conjecturas estão corretas...

— Não presumo nada.

— Bem, então por que esse cão estaria solto esta noite? Suponho que não é sempre que corre solto pela charneca. Stapleton não o soltaria, a menos que tivesse motivos para pensar que Sir Henry estaria lá.

— Minha dúvida é ainda a maior das duas, pois creio que, em breve, obteremos uma explicação sobre a sua, enquanto a minha talvez permaneça para sempre um mistério. A questão agora é o que faremos com o corpo deste pobre coitado? Não podemos abandoná-lo aqui para as raposas e os corvos.

— Sugiro que o coloquemos em uma das cabanas até nos comunicarmos com a polícia.

— Isso mesmo. Não tenho dúvidas de que você e eu poderíamos levá-lo até lá. Por Deus, Watson, quem é aquele? O próprio homem, por tudo que há de mais sagrado! Nem uma palavra que demonstre suas suspeitas... Nem uma palavra ou meus planos irão por água abaixo.

Um vulto, vindo pela charneca, aproximava-se de nós, e vi o leve brilho vermelho da brasa de um charuto. O luar reluzia sobre ele, e distingui a forma elegante e a caminhada descontraída do naturalista. Ele parou por um instante quando nos viu, e depois continuou se aproximando.

— Ora, Dr. Watson, o senhor por aqui? Saiba que é o último homem que eu esperaria ver na charneca a esta hora da noite. Mas, meu Deus, o que é isso? Alguém se machucou? Não, não me diga que é nosso amigo Sir Henry! — Ele passou apressado por mim e se inclinou sobre o homem morto. Ouvi uma inalação forte de sua respiração e o charuto lhe caiu dos dedos.

— Quem... quem é este? — gaguejou.

— É Selden, o homem que escapou de Princetown.

Stapleton virou um rosto transtornado para nós, mas com supremo esforço superou sua surpresa e seu desapontamento. Ele olhou atentamente de Holmes para mim.

— Meu Deus! Que coisa chocante! Como ele morreu?

— Parece ter quebrado o pescoço ao despencar desses rochedos. Meu amigo e eu estávamos passeando na charneca quando ouvimos um grito.

— Eu também ouvi um grito. Por essa razão saí. Fiquei preocupado com Sir Henry.

— Por que com Sir Henry em particular? — não consegui evitar a pergunta.

— Porque eu o convidei a vir a minha casa. Como não veio, fiquei surpreso e, naturalmente, alarmado por sua segurança quando ouvi gritos na charneca. A propósito — seus olhos se voltaram de novo do meu rosto para o de Holmes —, os senhores ouviram algo além do grito?

— Não — Holmes respondeu. — O senhor ouviu?

— Não.

— Então por que perguntou?

— Ora, o senhor conhece as histórias que os camponeses contam sobre um cão fantasma e coisas do tipo. Dizem que se ouve o som à noite na charneca. Queria saber se houve alguma evidência de tal ruído esta noite.

— Não ouvimos nada desse tipo — respondi.

— E qual é sua teoria para a morte deste pobre coitado?

— Não tenho dúvidas de que a angústia e a exposição afetaram seu equilíbrio mental. Em estado de loucura, saiu correndo pela charneca e acabou caindo ali e quebrando o pescoço.

— Parece-me uma teoria mais razoável — concordou Stapleton, e deu um suspiro que, para mim, sugeriu alívio. — O que acha disso, Sr. Sherlock Holmes?

Meu amigo o cumprimentou.

— O senhor é rápido na identificação — disse.

— Estamos esperando o senhor por aqui desde que o Dr. Watson chegou. Veio a tempo de presenciar uma tragédia.

— Sim, de fato. Não tenho dúvidas de que a explicação de meu amigo corresponderá aos fatos. Vou levar comigo uma lembrança desagradável na volta a Londres amanhã.

— Oh, o senhor volta amanhã?

— Essa é minha intenção.

— Talvez sua visita tenha lançado alguma luz sobre as ocorrências que nos intrigaram?

Holmes encolheu os ombros.

— Nem sempre se alcança o sucesso que se espera. Um investigador precisa de fatos, e não de lendas ou rumores. Não tem sido um caso com resultados satisfatórios.

Meu amigo falou de maneira franca e despreocupada. Stapleton manteve ainda um olhar atento para ele. Em seguida, voltou-se para mim.

— Sugeriria levar esse pobre homem para minha casa, mas isso traria tanto medo a minha irmã que não me sinto propenso a fazê-lo. Acho que, se protegermos seu rosto com alguma coisa, estará a salvo até o amanhecer.

E assim foi feito. Resistindo à oferta de hospitalidade de Stapleton, Holmes e eu partimos para o Solar Baskerville, deixando que o naturalista retornasse sozinho. Olhando para trás, vimos sua figura afastando-se lentamente sobre a ampla charneca e, atrás dele, uma mancha negra na encosta prateada que mostrava onde o homem, cujo fim chegara tão terrivelmente, estava caído.

13

Firmando as redes

— Finalmente estamos bem perto de agarrá-lo — Holmes comentou, enquanto caminhávamos juntos pela charneca. — Que nervos tem o sujeito! Como se recompôs diante do choque que deve ter sofrido quando descobriu que o homem errado fora vítima de sua trama. Eu lhe disse em Londres, Watson, e repito agora, que nunca tivemos um inimigo mais digno de nossa espada.

— Sinto muito que ele o tenha visto.

— E inicialmente eu também. Mas não havia como escapar disso.

— Como acha que os planos dele serão afetados por saber agora que você está aqui?

— Talvez se torne mais cauteloso, ou talvez imediatamente tome medidas desesperadas. Como a maioria dos criminosos inteligentes, pode estar confiante demais em sua própria esperteza e imaginar que nos enganou.

— Por que não o prendemos imediatamente?

— Meu caro Watson, você nasceu para ser um homem de ação. Seu instinto é sempre fazer algo enérgico. Supondo, como mero exercício de raciocínio, que o tivéssemos prendido esta noite, em que isso seria útil para nós? Nada provaríamos contra ele. Há uma astúcia diabólica nisso! Se ele estivesse agindo por meio de um auxiliar humano, poderíamos obter algumas provas, mas, se arrastássemos o imenso cão para a luz do dia, isso não nos ajudaria a colocar uma corda no pescoço de seu dono.

— Certamente, temos um caso.

— Nem uma sombra de um, só suposições e conjecturas. Seríamos ridicularizados em um tribunal se apresentássemos essa história com tais evidências.

— Há a morte de Sir Charles.

— Encontrado morto sem uma marca no corpo. Você e eu sabemos que ele morreu de puro pavor, e também sabemos o que o aterrorizou, mas como conseguiremos que doze jurados imparciais acreditem nisso? Que vestígios existem de um cão? Onde estão as marcas de suas presas? É claro que sabemos que um cão não morde um cadáver e que Sir Charles estava morto antes que o animal o alcançasse. Mas temos de provar tudo, e não estamos em condições de fazê-lo.

— Bem, e quanto a esta noite?

— Não estamos muito melhor com esta noite. Mais uma vez, não havia relação direta entre o cão e a morte do homem. Nunca vimos o animal. Nós o ouvimos, mas não podemos provar que estava correndo atrás do homem. Há uma completa ausência de motivos. Não, meu caro amigo, devemos nos reconciliar com o fato de que não temos nenhum caso no momento, e que vale a pena correr algum risco para elaborar um.

— E qual sua proposta para isso?

— Tenho grandes esperanças de que a Sra. Laura Lyons faça isso por nós quando a situação ficar clara para ela. E tenho meu próprio plano também. Para amanhã, a maldade disso já é o bastante; mas espero, finalmente, levar a melhor antes que o dia tenha acabado.

Não consegui tirar mais nada de Holmes, que caminhou, perdido em pensamentos, até os portões de Baskerville.

— Você vai entrar?

— Sim, não vejo mais razão para sigilo. Mas uma última palavra, Watson. Não diga nada sobre o cão a Sir Henry. Deixe-o pensar que a morte de Selden foi como Stapleton nos fez acreditar. Ele terá mais calma para a provação a que terá que se submeter amanhã, em seu compromisso, se bem me lembro do seu relatório, para jantar com essas pessoas.

— E eu também.

— Então você precisa se desculpar e ele deve ir sozinho. Isso será facilmente acertado. E agora, se nos atrasamos muito para o jantar, acho que ambos estamos prontos para nossas ceias.

Sir Henry ficou mais satisfeito do que surpreso ao ver Sherlock Holmes, pois havia alguns dias esperava que os acontecimentos recentes o trouxessem de Londres. No entanto, estranhou quando descobriu que meu amigo não tinha nem bagagem nem explicações para a ausência dela. Entre nós, logo dirimimos suas dúvidas, e depois, em um jantar tardio, expusemos ao baronete as informações que nos pareceram desejáveis que soubesse de nossa experiência. Mas primeiro tive o desagradável dever de dar a notícia a Barrymore e à sua esposa. Para ele, a morte do cunhado talvez tenha trazido um alívio absoluto, mas ela chorou amargamente agarrada ao avental. Para todos, ele era um homem violento, meio animal e meio demônio, mas, para ela, continuava sempre o menininho obstinado de sua infância, a criança que se agarrava à sua mão. Mal, na verdade, é o homem que não tem uma mulher para lamentar por ele.

— Fiquei o dia inteiro vagando pela casa desde que Watson saiu de manhã — reclamou o baronete. — Acho que mereço algum crédito, pois cumpri minha promessa. Se eu não tivesse jurado não sair sozinho, minha noite teria sido mais animada, pois recebi uma mensagem de Stapleton me convidando para ir até lá.

— Não tenho dúvidas de que seria uma noite mais animada — disse Holmes secamente. — A propósito, creio que não iria apreciar se estivéssemos lamentando seu pescoço quebrado.

Sir Henry arregalou os olhos.

— Como?

— O pobre coitado que morreu usava suas roupas. Temo que o criado que as deu a ele enfrente problemas com a polícia.

— Muito improvável. Até onde sei, não havia monograma em nenhuma delas.

— Essa é a sorte dele... Na verdade, a sorte de todos os senhores, visto estarem do lado errado da lei nesse assunto. Como detetive conscencioso, não tenho certeza se meu primeiro dever não seja prender todos da casa. Os relatórios de Watson são documentos mais que incriminadores.

— Mas e quanto ao caso? — perguntou o baronete. — Conseguiu desenrolar algum fio do emaranhado? Não sei se Watson e eu sabemos muito mais desde que chegamos.

— Acho que em breve estarei em condições de tornar a situação mais clara para os senhores. Tem sido uma investigação extremamente difícil e complicada. Há vários pontos sobre os quais ainda precisamos de luz... Mas mesmo assim estamos avançando.

— Tivemos uma experiência que, sem dúvida, Watson lhe contou. Ouvimos o cão na charneca, então me sinto apto a jurar que nem tudo é uma superstição sem sentido. Tive algum contato com cães quando estava no Oeste, e conheço um quando o ouço. Se conseguir amordaçar aquele e colocá-lo em uma corrente, estarei pronto para jurar que é o maior detetive de todos os tempos.

— Creio que vou amordaçá-lo e acorrentá-lo bem se me ajudar.

— Farei tudo o que me disser para fazer.

— Ótimo; e peço-lhe também que aja cegamente, sem nunca perguntar o motivo.

— Exatamente como gosta.

— Se fizer isso, acho que há chances de que nosso pequeno problema esteja resolvido em breve. Não tenho dúvidas...

De súbito, ele parou e ficou observando fixamente alguma coisa por sobre minha cabeça. A luz incidia em seu rosto, tão concentrado e tão imóvel que parecia uma estátua clássica, uma personificação de alerta e expectativa.

— O que foi? — nós dois perguntamos.

Notei, quando Holmes baixou os olhos, que reprimia alguma emoção. Suas feições já estavam serenas, mas os olhos brilhavam com uma exultação distraída.

— Perdoe a admiração de um *connoisseur* — observou, enquanto indicava com a mão para a série de retratos que cobria a parede oposta. — Watson não admite que eu entenda alguma coisa sobre arte, mas isso é pura inveja porque nossos pontos de vista sobre o assunto são diferentes. Esta é uma série muito boa de retratos.

— Bem, fico feliz em ouvir isso do senhor — disse Sir Henry, olhando com alguma surpresa para meu amigo. — Não finjo saber muito sobre essas coisas, e seria melhor avaliando um cavalo ou um boi do que um retrato. Não sabia que o senhor encontrava tempo para essas coisas.

— Sei o que é bom quando vejo, e vejo isso agora. Poderia jurar que esse é um Kneller,[11] aquela dama com seda azul ali, e o corpulento cavalheiro com a peruca deve ser um Reynolds.[12] Presumo que sejam todos retratos de família?

— Todos.

— O senhor conhece seus nomes?

— Barrymore tem me treinado nisso, e acho que consigo reproduzir minhas lições muito bem.

— Quem é o cavalheiro com a luneta?

---

[11] Godfrey Kneller, 1º Baronete (Lubeque, 8 de agosto de 1646 – Londres, 19 de outubro de 1723), nascido como Gottfried Kniller, foi um artista germânico e pintor da corte britânica do reinado de Carlos II até Jorge I, sendo considerado o principal retratista da Inglaterra entre o final do século XVII e início do século XVIII. (N.T.)

[12] Joshua Reynolds (Plymouth, 16 de Julho de 1723 – Londres, 23 de Fevereiro de 1792) foi um dos principais pintores retratistas do século XVIII. Sua técnica e habilidade influenciaram as gerações futuras de pintores retratistas. (N.T.)

— É o contra-almirante Baskerville, que serviu sob Rodney nas Índias Ocidentais. O homem de casaco azul com um rolo de papel é Sir William Baskerville, que foi presidente dos Comitês da Câmara dos Comuns sob Pitt.

— E aquele Cavalier oposto a mim, aquele, com o veludo preto e rendas?

— Ah, você tem o direito de conhecê-lo. Aquele é o causador de todo o mal, o perverso Hugo, que iniciou a maldição do Cão dos Baskerville. Não podemos nos esquecer dele.

Fiquei olhando com interesse e alguma surpresa para o retrato.

— Meu Deus! — Holmes exclamou. — Ele parece um homem bastante calmo e de aparência dócil, mas ouso dizer que em seus olhos havia um demônio à espreita. Eu o imaginava uma pessoa mais robusta e de aparência abrutalhada.

— Não há dúvidas sobre a autenticidade, pois o nome e a data, 1647, estão no verso da tela.

Holmes pouco mais comentou, mas a imagem do velho fanfarrão parecia exercer um fascínio sobre ele, e seus olhos continuaram fixos no retrato durante todo o jantar. Apenas mais tarde, quando Sir Henry se recolheu para o quarto, fui capaz de seguir o fio dos pensamentos de Holmes. Ele me levou de volta ao salão de jantar, a vela do quarto na mão, e segurou-a junto ao retrato afetado pelo tempo na parede.

— Vê alguma coisa?

Olhei para o grande chapéu emplumado, as mechas de pega-rapaz, a gola de renda branca e a expressão séria e severa do rosto emoldurado. Não era um semblante cruel, mas formal, intenso e austero, os lábios finos e um olhar frio e intransigente.

— Parece-se com alguém que você conhece?

— Há algo de Sir Henry no queixo.

— Talvez apenas um ar. Mas espere um instante! — Ele se sentou em uma cadeira e, erguendo a vela com a mão esquerda, curvou o braço direito sobre o chapéu largo e ao redor dos longos cachos.

— Pelos céus! — exclamei espantado.

O rosto de Stapleton saltava da tela.

— Ah, você vê agora. Meus olhos foram treinados para examinar rostos e não adornos. A primeira qualidade de um investigador criminal é enxergar além de um disfarce.

— Fantástico. Poderia ser o retrato dele.

— Sim, é um exemplo interessante de hereditariedade, aparentemente física e espiritual. Basta uma pesquisa de retratos de família para converter um homem à doutrina da reencarnação. O sujeito é um Baskerville... isso é evidente.

— Com propósitos sobre a sucessão.

— Exato. Essa oportunidade de vermos o retrato nos forneceu um dos nossos elos perdidos mais óbvios. Nós o temos, Watson, nós o temos, e ouso jurar que, antes do anoitecer de amanhã, ele estará esvoaçando em nossa rede tão desamparado como uma de suas borboletas. Um alfinete, uma rolha e um cartão, e nós o adicionaremos à coleção da Baker Street! — comentou Holmes, e então explodiu em uma de suas raras gargalhadas enquanto se afastava da imagem. Ele não ria com frequência, e sempre que o fazia era um mau presságio para alguém.

Levantei-me cedo pela manhã, mas Holmes se levantara ainda mais cedo, pois, enquanto me vestia, eu o vi vindo pelo caminho da entrada.

— Sim, é provável que tenhamos um dia cheio hoje — observou, esfregando as mãos, feliz com a expectativa da ação. — As redes estão todas preparadas e o arrastão logo começará. Saberemos antes do fim do dia se pegamos nosso grande e escorregadio peixe ou se ele conseguiu passar pelas malhas.

— Você já esteve na charneca?

— Enviei um relatório de Grimpen a Princetown sobre a morte de Selden. Acho que posso prometer que ninguém daqui será incomodado sobre esse assunto. Também me comuniquei com meu fiel Cartwright, que, certamente, estaria definhando na porta da minha cabana, como um cachorro no túmulo do seu dono, se eu não o tivesse tranquilizado quanto à minha segurança.

— Qual o próximo passo?

— Falar com Sir Henry. Ah, aí vem ele!

— Bom dia, Holmes — cumprimentou o baronete. — O senhor parece um general que está planejando uma batalha com seu chefe de pessoal.

— É exatamente essa a situação. Watson estava solicitando minhas instruções.

— E eu também.

— Muito bom. O senhor está compromissado, pelo que sei, em jantar com nossos amigos, os Stapleton, hoje à noite.

— Espero que o senhor também venha. Eles são pessoas muito hospitaleiras e tenho certeza de que ficariam muito felizes em vê-lo.

— Temo que Watson e eu tenhamos que ir a Londres.

— Londres?

— Sim, na atual conjuntura, creio que seremos mais úteis lá.

A expressão do semblante do baronete se transformou perceptivelmente.

— Esperava que o senhor fosse me acompanhar. O solar e a charneca não são lugares muito agradáveis quando se está só.

— Meu caro amigo, deve confiar por completo em mim e fazer exatamente o que eu disser. Fale a seus amigos que ficaríamos felizes em tê-lo acompanhado, mas um assunto urgente exigiu que estivéssemos na cidade. Diga-lhes que esperamos retornar muito em breve a Devonshire. Conseguirá se lembrar de lhes transmitir essa mensagem?

— Se o senhor insiste.

— Asseguro-lhe que não há outra alternativa.

Vi pela sobrancelha preocupada do baronete que estava profundamente magoado com o que ele considerava nossa deserção.

— E quando deseja partir? — perguntou com frieza.

— Imediatamente após o café da manhã. Seguiremos para Coombe Tracey, mas Watson deixará suas coisas como promessa de que voltará para o senhor. Watson, você vai mandar um bilhete para Stapleton dizendo que lamenta muito por não poder ir.

— Creio que seria uma boa ideia eu acompanhá-los até Londres — disse o baronete. — Qual o sentido de ficar aqui sozinho?

— Aqui é o seu posto de batalha. E me deu sua palavra de que faria o que lhe fosse dito, e lhe digo que fique.

— Tudo bem, então ficarei.

— Mais uma recomendação! Quero que vá com a charrete para a Casa Merripit. No entanto, mande a charrete de volta e deixe-os saber que pretende voltar para casa a pé.

— Atravessando a charneca?

— Sim.

— Mas sempre me recomendou que não fizesse isso.

— Desta vez poderá fazê-lo com segurança. Se eu não tivesse toda a confiança em seu controle e em sua coragem, não lhe sugeriria tal coisa, mas é essencial que o faça.

— Então farei.

— E como valoriza sua vida, atravesse a charneca seguindo o caminho direto da Casa Merripit à Grimpen Road, exatamente o trajeto natural para sua casa.

— Farei o que diz.

— Excelente. Sairemos o mais cedo possível, depois do café da manhã, para chegar a Londres à tarde.

Fiquei muito impressionado com essa programação, embora tenha lembrado que Holmes dissera a Stapleton, na noite anterior, que sua visita terminaria no dia seguinte. No entanto, não me passou pela cabeça que ele gostaria que eu fosse junto, nem conseguia entender como nos ausentaríamos em um momento crítico, conforme ele próprio declarara. Porém, nada havia a fazer exceto obedecer-lhe sem questionar; assim, despedimo-nos de nosso pesaroso amigo e, algumas horas depois, estávamos na estação de Coombe Tracey e havíamos despachado a charrete de volta. Um rapazinho nos aguardava na plataforma.

— Alguma instrução, senhor?

— Você vai pegar este trem para a cidade, Cartwright. No momento em que chegar, enviará um telegrama para Sir Henry Baskerville, em meu nome, para dizer que, se ele encontrar o livro de bolso que deixei cair, o envie por correio registrado à Baker Street.

— Sim, senhor.

— Pergunte no escritório da estação se há uma mensagem para mim.

O menino voltou com um telegrama que Holmes me entregou. Lia-se o seguinte:

"Telegrama recebido. Descendo com mandado não assinado. Chego às cinco e quarenta. Lestrade".

— Este veio em resposta ao meu desta manhã. Julgo o homem o melhor dos profissionais, e podemos precisar da ajuda dele. Agora, Watson, creio que não empregaremos melhor nosso tempo do que visitando sua conhecida, a Sra. Laura Lyons.

O plano de campanha de Holmes começava a ficar evidente. Usaria o baronete para convencer os Stapleton de que realmente nos havíamos afastado, ao mesmo tempo em que retornaríamos no momento em que provavelmente fôssemos necessários. Esse telegrama de Londres, se mencionado por Sir Henry aos Stapleton, eliminaria as últimas suspeitas de suas mentes. Já me parecia ver nossas redes aproximando-se daquele peixe.

A Sra. Laura Lyons estava em seu escritório, e Sherlock Holmes começou sua conversa com tal franqueza e tão diretamente que a impressionou sobremaneira.

— Estou investigando as circunstâncias da morte do Sir Charles Baskerville — disse ele. — Meu amigo aqui,

Dr. Watson, colocou-me a par do que a senhora informou e também sobre o que omitiu em relação a esse assunto.

— O que omiti? — perguntou desafiadoramente.

— A senhora confessou ter pedido a Sir Charles que estivesse no portão às dez horas. Sabemos que o lugar e a hora exatos de sua morte. A senhora omitiu a relação entre esses eventos.

— Não há relação.

— Nesse caso, a coincidência deve ter sido de fato extraordinária. Mas acho que, afinal, conseguimos estabelecer uma relação. Vou ser completamente franco, Sra. Lyons. Consideramos este caso como assassinato, e as evidências podem implicar não apenas seu amigo, o Sr. Stapleton, mas também a esposa dele.

A dama saltou de sua cadeira.

— Esposa!? — exclamou.

— Esse fato não é mais segredo. A pessoa que se passa por irmã dele é, na verdade, esposa dele.

A Sra. Lyons havia retomado seu lugar. As mãos agarraram-se aos braços da cadeira e vi que, em vez de rosa, suas unhas estavam brancas devido à pressão do aperto.

— Esposa! — ela exclamou novamente. — Esposa! Ele não é um homem casado! — Sherlock Holmes encolheu os ombros. — Prove isso para mim! Prove! Se puder fazê-lo! — O brilho feroz de seus olhos dizia mais do que qualquer palavra.

— Estou preparado para isso — disse Holmes, tirando vários papéis do bolso. — Aqui tem uma foto do casal, tirada em York quatro anos atrás. Está identificada com "Sr. e Sra. Vandeleur", mas não terá dificuldade em reconhecê-lo, e a ela também, caso a conheça de vista. Aqui estão três descrições do Sr. e da Sra. Vandeleur feitas por testemunhas confiáveis; na época, o casal mantinha a escola particular de St. Oliver. Leia-as e veja se consegue duvidar da identidade dessas pessoas.

Ela bateu os olhou neles e, em seguida, olhou-nos com expressão de desespero.

— Sr. Holmes — começou ela —, esse homem me propôs casamento com a condição de que eu me divorciasse do meu marido. O canalha mentiu para mim de todas as maneiras concebíveis. Não me contou nem sequer uma palavra de verdade. E por quê...? Por quê? Acreditei que fosse tudo pelo meu bem. Mas agora vejo que nunca fui nada além de uma ferramenta nas mãos dele. Por que deveria preservar minha fidelidade a ele se nunca a manteve comigo? Por que deveria tentar protegê-lo das consequências de seus atos perversos? Pergunte-me o que quiser e não omitirei nada. Juro uma coisa: quando escrevi a carta, nunca sonhei que pudesse trazer qualquer mal ao idoso cavalheiro, que foi meu melhor amigo.

— Acredito inteiramente, senhora — disse Sherlock Holmes. — O relato desses eventos lhe deve ser muito doloroso, portanto, talvez seja mais fácil se eu lhe contar o que ocorreu, e assim poderá verificar se cometo algum erro. O envio dessa carta lhe foi sugerido por Stapleton?

— Ele a ditou.

— Posso presumir que a razão que lhe deu foi a de que a senhora receberia ajuda de Sir Charles para as despesas legais relacionadas ao seu divórcio?

— Sim.

— E depois que enviou a carta, ele a dissuadiu de manter o compromisso?

— Ele me disse que feriria seu amor-próprio se qualquer outro homem arranjasse o dinheiro para tal fim, e que, embora fosse pobre, aplicaria até seu último centavo eliminando os obstáculos que nos separavam.

— Ele parece muito coerente. E, então, a senhora não soube de nada até ler os relatos da morte no jornal?

— Não.

— E ele a fez jurar que não contasse nada sobre seu compromisso com Sir Charles?

— Fez. Ele disse que a morte era muito misteriosa e que, certamente, eu seria suspeita se os fatos viessem à tona. Ele me amedrontou para que permanecesse em silêncio.

— Com certeza. Mas a senhora teve alguma suspeita?

Ela hesitou e baixou os olhos.

— Eu o conhecia — respondeu. — Mas se ele tivesse mantido sua promessa comigo, eu manteria sempre a minha com ele.

— Acho que, no conjunto dos acontecimentos, a senhora conseguiu sair-se bem — disse Sherlock Holmes. — Ele estava em seu poder e sabia disso, e ainda assim a senhora está viva, apesar de ter caminhado por alguns meses muito perto da beira de um precipício. Devemos desejar-lhe um bom-dia agora, Sra. Lyons, e é provável que em breve receba notícias nossas novamente.

— Nosso caso está se fechando e as dificuldades, uma a uma, se afastam de nossa frente — filosofou Holmes, enquanto esperávamos a chegada do expresso que vinha da cidade. — Em breve estarei na posição de poder colocar em uma narrativa coesa um dos crimes mais singulares e sensacionais dos tempos modernos. Os estudantes de criminologia se lembrarão dos incidentes análogos em Godno, na Pequena Rússia, no ano de 1866, e há, é claro, os assassinatos de Anderson, na Carolina do Norte, mas este caso possui algumas características inteiramente particulares. Mesmo agora ainda não temos nenhum caso claro contra esse homem tão astuto. Mas ficarei muito surpreso se tudo não estiver suficientemente claro antes de irmos para a cama esta noite.

O expresso de Londres chegou resfolegando na estação e um homem baixo, com cara de cachorro bulldog, saltou de um vagão da primeira classe. Nós três nos apertamos as mãos e percebi imediatamente a maneira reverente com que Lestrade olhava para o meu companheiro, com quem aprendera muito desde os dias em que pela primeira vez haviam trabalhado juntos. Lembrava-me bem do menosprezo que as teorias do homem lógico costumavam então provocar no homem prático.

— Alguma coisa boa? — perguntou ele.

— A mais significativa em anos — respondeu Holmes. — Dispomos de duas horas antes de pensar em começar. Acho que devemos empregá-las em um jantar e depois, Lestrade, tiraremos o nevoeiro de Londres de sua garganta, dando-lhe um sopro do ar puro da noite de Dartmoor. Nunca esteve lá? Ah, bem, suponho que jamais se esquecerá de sua primeira visita.

14

O cão dos Baskerville

Um dos defeitos de Sherlock Holmes — se na verdade se pode chamar de defeito — era relutar bastante em permitir que qualquer pessoa conhecesse os planos completos dele até colocá-los em prática. Em parte, tal comportamento advinha de sua própria natureza dominadora, que gostava, inclusive, de surpreender aqueles que o rodeavam. Em parte, justificava-se também por sua cautela profissional, que o incitava a nunca correr riscos. No entanto, o resultado era fatigante para aqueles que atuavam como agentes e assistentes de Holmes. Eu costumava sofrer com isso, mas o sofrimento assumiu proporções intensas durante aquela longa jornada no escuro. A imensa provação surgia diante de nós. Finalmente, estávamos prestes a dispender nosso último esforço e, entretanto, Holmes não dissera nada, e eu só conseguia imaginar o que resolveria fazer. Meus nervos vibravam de expectativa quando, enfim, o vento gélido em nosso rosto e os vãos escuros e vazios em ambos os lados da estrada estreita me alertaram de que mais uma vez voltávamos à charneca. Cada passada dos cavalos e cada volta das rodas da charrete nos aproximava de nossa suprema aventura.

Nossa conversa foi comprometida pela presença do cocheiro da charrete alugada, o que nos fez abordar assuntos triviais no momento em que nossos nervos enrijeciam de emoção e expectativa. Assim, eu me senti aliviado quando, depois daquela restrição antinatural, enfim passamos pela casa de Frankland e soubemos que estávamos nos aproximando do solar e da cena de ação. Não fomos com a charrete até a porta, optando por descer perto do portão de entrada. Pagamos ao cocheiro e o dispensamos para Coombe Tracey imediatamente, em seguida iniciando nossa caminhada até a Casa Merripit.

— Está armado, Lestrade?

O detetive sorriu.

— Desde que esteja com calças tenho um coldre na cintura e, enquanto tiver meu coldre, carrego algo nele.

— Muito bom! Meu amigo e eu também estamos preparados para emergências.

— O senhor está muito perto da conclusão desta investigação. Agora, qual é o jogo?

— Um jogo de espera.

— Por Deus, não parece um lugar muito agradável — disse o detetive com um arrepio, olhando em volta para as encostas sombrias da colina e para o enorme lago de neblina que jazia sobre o Grimpen Mire. — Vejo as luzes de uma casa à nossa frente.

— É a Casa Merripit e, consequentemente, o final da nossa jornada. Peço-lhe que ande na ponta dos pés e não fale em tom que supere um sussurro.

Movemo-nos cautelosamente ao longo da trilha, como se estivéssemos indo para a casa, mas Holmes nos fez parar quando estávamos a aproximadamente duzentos metros dela.

— Aqui está bom — explicou. — Essas rochas à direita formam um anteparo excelente.

— Devemos esperar neste local?

— Sim, faremos nossa pequena emboscada aqui; entre neste vão, Lestrade. Você conhece a casa, não é Watson? Pode dizer a posição dos cômodos? O que são aquelas janelas de treliça naquela extremidade?

— Creio que as janelas da cozinha.

— E a outra mais além, que brilha tão intensamente?

— A sala de jantar.

— As cortinas estão levantadas. Você conhece melhor as condições do terreno. Aproxime-se em silêncio e veja o que eles andam fazendo, mas, pelo amor de Deus, não lhes permita perceber que estão sendo observados!

Caminhei na ponta dos pés e me inclinei atrás do muro baixo que cercava o pomar raquítico. Esgueirando-me em sua sombra, cheguei a um lugar de onde conseguia olhar diretamente através da janela com as cortinas abertas.

Apenas dois homens se acomodavam na sala, Sir Henry e Stapleton. Estavam sentados de lado para mim, um em cada lado da mesa redonda. Ambos fumavam charutos, e havia café e vinho à sua frente. Stapleton falava animadamente, mas o baronete parecia pálido e distraído. Talvez o pensamento daquele passeio solitário pela charneca nefasta estivesse pesando em sua mente.

Enquanto eu os observava, Stapleton levantou-se e saiu da sala, ao mesmo tempo em que Sir Henry enchia novamente seu copo e recostava-se na cadeira, fumando charuto. Ouvi o rangido de uma porta e o som de passos no cascalho, passando ao longo do caminho do outro lado do muro que me servia de proteção. Olhando por cima dele, vi o naturalista parar diante da porta de uma construção anexa, no canto do pomar. Uma chave girou na fechadura e, quando ele entrou, ouvi um curioso barulho de movimentos vindo de dentro. Stapleton ficou apenas um minuto lá, e então ouvi a chave girar mais uma vez e ele passou por mim, entrando na casa. Depois de vê-lo se juntar ao seu convidado, voltei silenciosamente para onde meus companheiros me aguardavam e contei-lhes o que tinha visto.

— Está dizendo, Watson, que a senhora não está lá? — Holmes perguntou quando terminei meu relato.

— Não está.

— Então, onde ela poderia estar considerando-se não haver iluminação em nenhum outro cômodo, exceto na cozinha?

— Não tenho ideia de onde esteja.

Eu disse que sobre o grande Grimpen Mire pairava uma densa névoa branca. Naquele momento, ela vinha lentamente em nossa direção, instalando-se como uma baixa parede daquele nosso lado, mas espessa e firme. A lua brilhava sobre ela, fazendo-a assemelhar-se a um imenso campo de gelo cintilante, com as pontas dos rochedos distantes como rochas flutuantes sobre sua superfície. O rosto de Holmes estava virado para a névoa, e ele murmurou impaciente enquanto observava sua lentidão:

— Está se movendo em nossa direção, Watson.

— Isso é grave?

— Muito grave. De fato, a única coisa na terra que prejudicaria meus planos. Nosso amigo não pode demorar muito agora. Já são dez horas. Nosso sucesso e até mesmo a vida do Sir talvez dependam de que saia antes que o nevoeiro envolva o caminho.

A noite estava clara e agradável acima de nós. As estrelas brilhavam frias e intensas, enquanto uma meia-lua banhava toda a cena com uma luz suave e inconstante. Diante de nós jazia a parte escura da casa, o telhado serrilhado e as chaminés eriçadas perfeitamente delineadas contra o céu coberto de prata. Longas faixas de luz dourada das janelas inferiores se estendiam pelo pomar e pela charneca. Uma delas se apagou. Os criados haviam saído da cozinha. Restava apenas a iluminação na sala de jantar, onde os dois homens, o anfitrião assassino e seu hóspede sem consciência do risco, ainda conversavam fumando charutos.

A cada minuto, aquela planície parecendo lã branca que cobria metade da charneca se aproximava cada vez mais da casa. As primeiras mechas finas já estavam se insinuando pelo quadrado dourado da janela iluminada, encobrindo o muro mais distante do pomar e envolvendo as árvores em um redemoinho branco. Enquanto observávamos, as grinaldas de neblina rastejaram pelos dois cantos da casa e se enrolaram lentamente, formando um paredão denso, acima do qual o andar superior e o teto flutuavam como um estranho navio sobre um mar sombrio. Holmes batia a mão nervosamente sobre a pedra à nossa frente, movimento acompanhado pelos pés tamborilando impacientes o chão.

— Se ele não sair em um quarto de hora, o caminho estará encoberto. Em meia hora, não conseguiremos nem mesmo vislumbrar nossas mãos.

— Vamos voltar um pouco e ficar em terreno mais alto?

— Sim, também acho que seria melhor.

Assim, à medida que a neblina se aproximava fomos recuando, até nos posicionarmos a aproximadamente oitocentos metros da casa e, ainda assim, aquele denso mar branco, com a lua derramando-se por sua borda superior, avançava lenta e inexoravelmente.

— Estamos nos afastando demais — disse Holmes. — Não podemos sequer nos atrever a permitir que Sir Henry seja alcançado antes que cheguemos a ele. Precisamos manter posição onde estamos, custe o que custar. — Ele se apoiou nos joelhos e encostou o ouvido no chão. — Graças a Deus, acho que o ouço chegando.

Um som de passos rápidos quebrou o silêncio da charneca. Agachando-nos entre as pedras, olhamos atentamente para a margem prateada à nossa frente. Os passos ficaram mais altos, e saindo da neblina, como em um movimento de atravessar uma cortina, surgiu o homem que estávamos esperando. Ele olhou em volta surpreso ao emergir na clara noite estrelada. Então veio rapidamente pelo caminho, passando perto de onde estávamos, e subiu a longa encosta atrás de nós. Enquanto andava, olhava continuamente por cima do ombro, como um homem que se sente pouco à vontade.

— Psst! — fez Holmes, e ouvi o clique agudo do armar de uma pistola. — Atenção! Está chegando!

Ouviu-se um som fraco e contínuo de algum lugar no centro daquela nuvem rastejante. Ela estava a cinquenta metros de nós, e ficamos fitando-a, todos os três, sem saber que horror logo se romperia do meio dela. Agachado na altura do cotovelo de Holmes, olhei por um instante para o rosto dele: pálido, exultante, os olhos reluzindo ao luar. Mas, de repente, o olhar transformou-se, fixo e concentrado, e os lábios se separaram de espanto. No mesmo instante, Lestrade soltou um grito de terror e se jogou de cara no chão. Levantei-me, minha mão inerte segurando a pistola, minha mente paralisada diante da terrível figura que brotou à nossa frente das sombras da neblina. Era um cão, um enorme cão negro, mas tão feroz como nenhum mortal jamais vira. O fogo explodia de sua boca aberta, os olhos brilhavam com um clarão ardente, o focinho, os pelos e a barbela delineavam-se em chamas trêmulas. Nunca, nem no sonho delirante de um cérebro desajustado, seria concebido algo mais selvagem, mais aterrador, mais infernal do que aquela figura sombria e de expressão selvagem que se projetara à nossa frente, vinda da parede de neblina.

Com silhueta longilínea, a enorme criatura negra saltava pela trilha, seguindo rapidamente os passos de nosso amigo. Paralisados pela aparição, permitimos que passasse antes de nos recuperamos para a ação. Então Holmes e eu disparamos juntos nossas armas, e a criatura deu um uivo hediondo, que nos revelou que pelo menos havia sido atingida. No entanto, não parou, continuando em frente. Ao longe, no caminho, vimos Sir Henry olhando para trás, o rosto lívido sob a luz do luar, as mãos erguidas em horror, olhando impotente para a coisa assustadora que o perseguia. Mas aquele uivo de dor do enorme cão havia lançado aos ventos todos os nossos medos. Sendo vulnerável, era mortal, e, se conseguimos feri-lo, poderíamos matá-lo. Nunca vi um homem correr tanto como Holmes correu naquela noite. Sou reconhecido como bom corredor, mas ele me ultrapassou assim como ultrapassei o baixo profissional. À nossa frente, enquanto voávamos pela trilha, ouvíamos grito após grito de Sir Henry e o rosnado profundo do cão. Cheguei a tempo de ver a fera atacar a vítima, arremessá-la ao chão e procurar a garganta do homem. Mas, no instante seguinte, Holmes esvaziou cinco cápsulas do revólver no flanco da criatura. Com um último grito de agonia e uma volta violenta no ar, o cão caiu de costas, as quatro patas agitando-se furiosamente, e depois virou de lado. Inclinei-me ofegante e pressionei minha pistola naquela pavorosa e tremeluzente cabeça, mas era inútil apertar o gatilho; o cão gigante estava morto.

Sir Henry jazia inerte onde havia caído. Arrancamos a gola de sua roupa e Holmes sussurrou uma oração de gratidão quando vimos que não havia sinal de ferimento e que o socorro acontecera a tempo. As pálpebras do nosso amigo já tremiam e ele fazia um leve esforço para se mexer. Lestrade enfiou o frasco de brandy entre os dentes do baronete, e dois olhos assustados se abriram para nós.

— Meu Deus! — murmurou. — O que era aquilo? O que, em nome dos céus, era aquilo?

— Seja o que for, está morto — Holmes respondeu. — Acabamos com o fantasma da família de uma vez e para sempre.

Pelo tamanho e pela força, uma criatura terrível estirava-se diante de nós. Não era nem um cão de caça legítimo nem um mastim puro; parecia uma combinação dos dois: magra, selvagem e do tamanho de uma pequena leoa. Mesmo naquele instante, na quietude da morte, das enormes mandíbulas, parecia pingar uma chama azulada, e os pequenos, profundos e cruéis olhos estavam envolvidos em fogo. Coloquei minha mão no focinho brilhante e, enquanto o segurava, por meus dedos que reluziam na escuridão perpassou uma sensação de ardor.

— Fósforo! — exclamei.

— Uma preparação ardilosa — disse Holmes, cheirando o animal morto. — Não há cheiro que interferisse na capacidade olfativa deste monstro. Devemos ao senhor profundas desculpas, Sir Henry, por tê-lo exposto a esse risco. Eu estava preparado para um cão, mas não para uma criatura como esta. E o nevoeiro nos deu pouco tempo para atingi-lo.

— O senhor salvou minha vida.

— Mas primeiro a coloquei em risco. Está bem para se levantar?

— Dê-me outro gole daquele conhaque e estarei pronto para qualquer coisa. Bem! Agora, se me ajudar a levantar... O que propõe fazer?

— Deixá-lo aqui. O senhor não está apto a novas aventuras esta noite. Se esperar, um de nós irá acompanhá-lo de volta ao solar.

Sir Henry cambaleou ao tentar caminhar, ainda terrivelmente fraco e com todos os membros tremulando. Nós o acomodamos em uma rocha, onde se sentou ainda tremendo e com o rosto enterrado nas mãos.

— Vamos deixá-lo agora — informou Holmes. — Precisamos concluir nosso trabalho, e cada momento é importante. Agora temos nosso caso, e queremos o nosso homem. — E enquanto voltávamos rapidamente pelo caminho até a casa, ele continuou: — As possibilidades de encontrá-lo em casa são mínimas. Com os tiros, ele deve ter compreendido que o jogo acabou.

— Estávamos meio distantes e a névoa pode tê-los abafado.

— Tenha certeza de que ele seguiu o cão para chamá-lo de volta. Não, não, o homem já se foi! Mas, de qualquer modo, vasculharemos a casa.

A porta da frente estava aberta, então corremos para dentro e nos apressamos de cômodo em cômodo para espanto de um idoso e desconcertado criado que nos encontrou de passagem. Só havia luz na sala de jantar, mas Holmes pegou a lamparina e não deixou nenhum canto da casa inexplorado. Não encontramos qualquer sinal do homem que procurávamos. No andar superior, no entanto, a porta de um dos quartos estava trancada.

— Tem alguém aqui! — gritou Lestrade. — Estou ouvindo movimentos. Abra a porta!

Um fraco gemido veio de dentro. Holmes atingiu a porta logo acima da fechadura com a parte plana do pé e ela se abriu. Pistola na mão, nós três corremos para dentro do quarto.

Mas não havia sinal daquele vilão desesperado e desafiador que esperávamos encontrar. Em vez disso, confrontamo-nos com uma cena tão estranha e inesperada que, espantados, ficamos sem ação por um momento.

A sala fora transformada em um pequeno museu e as paredes estavam repletas de um número assustador de potes de vidro com aquela coleção de borboletas e mariposas cuja montagem fora o passatempo daquele homem complexo e perigoso. No centro do quarto havia uma viga vertical, instalada em algum tempo passado como suporte para o velho pedaço de madeira carcomido que atravessava o telhado. A esse poste, atava-se uma figura toda envolta em lençóis usados, que não se podia dizer se era homem ou mulher. Uma toalha, passando-lhe pela garganta, estava presa na parte de trás do pilar. Outra cobria a parte inferior do rosto e, acima dela, dois olhos escuros, cheios de pesar e vergonha e com um ar de terrível questionamento, encaravam-nos. Em um minuto, arrancamos a mordaça, soltamos os grilhões e a Sra. Stapleton desabou no chão à nossa frente. Quando sua linda cabeça dobrou sobre o peito, vislumbrei o vergão vermelho-claro de uma chicotada no pescoço da moça.

— Animal! — gritou Holmes. — Aqui, Lestrade, traga a garrafa de conhaque! Vamos colocá-la na cadeira! Está desmaiada por maus-tratos e exaustão.

A mulher abriu os olhos novamente.

— Ele está seguro? — perguntou. — Escapou?

— Ele não escapará de nós, madame.

— Não, não, não me refiro a meu marido. Sir Henry? Ele está seguro?

— Sim.

— E o cão?

— Morreu.

Ela deu um longo suspiro de alívio.

— Graças a Deus! Graças a Deus! Oh, aquele miserável! Vejam como ele me tratava! — Ela subiu as mangas e mostrou os braços, e constatamos horrorizados que estavam marcados de hematomas. — Mas isso não é nada... nada! Ele torturou e profanou minha mente e minha alma. Eu podia aguentar tudo, maus-tratos, solidão, uma vida de decepção, tudo, contanto que ainda alimentasse a esperança de receber o amor dele, mas agora sei que também nesse sentido tenho sido enganada e usada. — Ela começou a soluçar profundamente enquanto falava.

— A senhora não lhe deve qualquer benevolência, madame — Holmes a tranquilizou. — Conte-nos onde vamos encontrá-lo. Se já o ajudou no mal, ajude-nos agora e, assim, expie sua culpa.

— Há apenas um lugar para onde ele pode ter fugido — ela respondeu. — Uma velha mina de estanho em uma ilha no coração do lamaçal. Era lá que mantinha aquele cão, e lá também deixou tudo preparado para se esconder. Para lá ele fugiria.

A névoa parecia lã branca contra a janela. Holmes segurou a lamparina próxima à moça.

— Veja — observou. — Ninguém poderia encontrar o caminho no Grimpen Mire esta noite.

Ela riu e bateu palmas, olhos e dentes brilhando com feroz alegria.

— Ele pode encontrar o caminho para entrar, mas nunca para sair! — a moça gritou. — Como conseguiria enxergar as varinhas-guia nesta noite? Nós as instalamos juntos, ele e eu, para marcar o caminho através do lamaçal. Ah, se eu as tivesse arrancado hoje! Então, na verdade, o senhor o teria à sua mercê!

Era evidente para nós que qualquer perseguição seria vã até que a neblina se dissipasse. Enquanto isso, deixamos Lestrade tomando conta da casa, enquanto Holmes e eu voltamos com o baronete para o Solar Baskerville. Não poderíamos mais deixar de lhe contar a história dos Stapleton, e ele suportou o golpe bravamente quando soube a verdade sobre a mulher a quem amava. Mas o choque das aventuras da noite abalara os nervos de Sir Henry e, antes do amanhecer, delirava com uma febre alta, sob os cuidados do Dr. Mortimer. Os dois estavam destinados a viajar juntos pelo mundo antes que Sir Henry voltasse a ser o homem forte e saudável que fora antes de se tornar proprietário daquele lugar de mau agouro.

E agora passo rapidamente à conclusão desta narrativa singular, na qual tentei levar o leitor a compartilhar esses medos obscuros e as vagas suposições que obscureceram nossas vidas por tanto tempo e terminaram de maneira tão trágica. Na manhã seguinte à morte do cão, a neblina havia se dissipado e fomos guiados pela Sra. Stapleton até o lugar em que haviam encontrado um caminho através do lamaçal. Quando vimos a ansiedade e a alegria com que ela nos colocou ao encalce do marido, percebemos o horror em que vivia. Nós a deixamos sobre a península estreita e turfosa de solo firme que se afunilava para dentro do lamaçal. De onde terminava, varinhas plantadas aqui e ali mostravam por onde o caminho se estendia em ziguezague de tufo a tufo de juncos entre poças cobertas por uma espuma esverdeada e lamaçais imundos que bloqueavam o caminho daqueles que o desconheciam. Fileiras de bambus exuberantes e plantas aquáticas viscosas espargiam um odor de decomposição, e uma forte exalação pútrida atingia nossos rostos quando, então, um passo em falso nos fez afundar mais de uma vez no lamaçal escuro e instável, que se agitava por metros em suaves ondulações ao redor de nossos pés. A tenaz aderência nos prendia os calcanhares enquanto caminhávamos e, quando afundávamos, era como se alguma mão maligna nos arrastasse para aquelas profundezas obscenas, tão sinistra e decidida se revelava a força com que nos apertava. Apenas uma vez vimos um vestígio de que alguém havia passado por aquele caminho perigoso antes de nós. Em meio a um tufo de relva que se elevava para fora do lodo, projetava-se alguma coisa escura. Holmes afundou-se até a cintura ao sair do caminho para pegá-la e, se não estivéssemos lá para puxá-lo, nunca mais teria colocado o pé em terra firme. Mas voltou agarrando uma velha botina preta no ar. "Meyers, Toronto" estava impresso no couro, na parte interna.

— Valeu a pena o banho de lama! — exclamou. — É a botina perdida do nosso amigo Sir Henry.

— Jogada lá por Stapleton enquanto fugia.

— Exatamente. O sujeito ficou com ela na mão depois de usá-la para colocar o cão na pista de Sir Henry. Continuou com ela quando fugiu ao perceber que o jogo estava acabado. E a arremessou neste ponto. Pelo menos sabemos que chegou tão longe em segurança.

No entanto, mais do que isso nunca nos foi possível saber, embora houvesse muito que pudéssemos supor. Sem chances de encontrar pegadas na lama, pois ela as encobria rapidamente, só quando finalmente chegamos a um terreno mais firme continuamos ansiosamente a procurá-las. Mas sem êxito. Se o solo contava a história tal como ocorreu, então Stapleton nunca alcançou aquela ilha de refúgio para onde tentou chegar lutando pela neblina naquela última noite. Em algum lugar no coração do grande Grimpen Mire, no lodo fétido do enorme lamaçal que o sugara, está para sempre enterrado aquele homem de coração frio e cruel.

Encontramos muitos vestígios dele na ilha suja de lodo onde escondia seu aliado selvagem. Uma enorme roda-motriz e um poço cheio de lixo mostravam a posição da mina abandonada. Ao lado se espalhavam os escombros dos chalés dos mineiros, dispersos dali, sem dúvida, pelo lamaçal malcheiroso ao redor. Em um deles, uma peça de metal e uma corrente, além de significativa quantidade de ossos roídos, mostravam onde o animal ficava confinado. Um esqueleto com um emaranhado de cabelos castanhos estava entre os escombros.

— Um cachorro! — Holmes identificou. — Por Júpiter, um spaniel de pelo encaracolado! O pobre Mortimer nunca mais verá seu animal de estimação. Bem, não sei se neste lugar ainda há algum segredo que ainda não tenhamos compreendido. Ele podia esconder seu cão de caça, mas não conseguia silenciá-lo, portanto, aí está a razão daqueles uivos que, mesmo à luz do dia, não eram agradáveis de se ouvir. Em uma emergência, o homem poderia manter o cão na construção anexa à casa em Merripit, mas sempre seria um risco, e foi apenas no dia supremo, que considerou como a conclusão de todos os seus esforços, que ousou fazê-lo. Sem dúvida, esta pasta na lata é a mistura luminosa com a qual a criatura foi envolta. É claro que pensou nisso em virtude da história do cão infernal da família e com a intenção de assustar o velho Sir Charles até a morte. Não é de admirar que o pobre diabo do condenado corresse e gritasse, assim como fez nosso amigo, e como nós mesmos poderíamos ter feito, quando viu tal criatura saltando na escuridão da charneca em seu encalço. Foi uma artimanha inteligente, pois, a não ser pelo risco de virar vítima do animal e morrer, que camponês se aventuraria a investigar tão de perto essa criatura com o risco de ser visto por ela, como muitos fizeram na charneca? Eu disse isso em Londres, Watson, e digo de novo agora: nunca caçamos um homem mais perigoso do que aquele que jaz ali — constatou Holmes, esticando o longo braço na direção da imensidão do lamaçal coalhado de manchas verdes que se estendia até fundir-se às encostas avermelhadas da charneca.

15

Uma retrospectiva

Era final de novembro, uma noite escura, fria e nebulosa, e Holmes e eu nos sentamos um de cada lado de um fogo aconchegante em nossa sala de estar em Baker Street. Desde a trágica consequência de nossa visita a Devonshire, ele estivera envolvido em dois assuntos da maior importância: no primeiro, expusera a conduta atroz do coronel Upwood em conexão com o famoso escândalo dos cartões do Nonpareil Club; no segundo, defendera a infeliz madame Montpensier da acusação de assassinato que pairou sobre ela e parecia relacionar-se à morte de sua enteada, mademoiselle Carere, a jovem que, como será lembrado, foi encontrada em Nova York seis meses depois, viva e casada. Meu amigo estava de excelente humor com o êxito de uma sucessão de casos difíceis e importantes, de modo que consegui induzi-lo a discutir os detalhes do mistério de Baskerville. Esperei pacientemente a oportunidade, pois estava ciente de que Holmes nunca permitiria que os casos se sobrepusessem, a fim de que sua mente clara e lógica não se desviasse do trabalho do momento para se deter em lembranças do passado. No entanto, Sir Henry e o Dr. Mortimer estavam em Londres, a caminho da longa viagem que fora recomendada ao Sir como recuperação de seu abalado estado emocional. Eles haviam conversado conosco naquela mesma tarde, de modo que, naturalmente, o assunto foi trazido à tona.

— Todo o decorrer dos acontecimentos — Holmes começou —, do ponto de vista do homem que chamava a si próprio de Stapleton, foi simples e direto, embora para nós, que inicialmente não dispúnhamos de meios de conhecer os motivos de suas ações e só soubéssemos de parte dos fatos, tudo parecesse extremamente complexo. Tive o benefício de duas conversas com a Sra. Stapleton, e o caso agora está tão completamente esclarecido que nada permanece em segredo para nós. Você encontrará algumas notas sobre o assunto na aba B na minha lista indexada de casos.

— Talvez pudesse ter a gentileza de puxar pela memória e me fazer um esboço dos acontecimentos.

— Certamente, embora não possa garantir-lhe que gravo todos os fatos em minha mente. Concentração mental intensa tem uma maneira curiosa de apagar o que passou. O advogado que tem o caso na ponta dos dedos e é capaz de discutir com um especialista o assunto acha que uma semana ou duas fora dos tribunais eliminarão de vez tudo de sua cabeça. Então cada novo caso meu substitui o anterior, e o de mademoiselle Carere confundiu minhas lembranças do caso que envolveu o Solar Baskerville. Amanhã, algum outro pequeno problema talvez seja submetido ao meu conhecimento, o que, por sua vez, desalojará a bela dama francesa e o infame Upwood. No entanto, no que diz respeito ao caso do cão, farei o melhor possível para lhe explicar o curso dos acontecimentos, e você sugerirá qualquer coisa que eu talvez tenha esquecido.

"Minhas indagações mostram, com toda certeza, que o retrato de família não mentiu e que aquele sujeito era, de fato, um Baskerville. Ele era filho de Rodger Baskerville, o irmão mais novo de Sir Charles, que fugiu com reputação sinistra para a América do Sul, onde dizem que morreu solteiro. De fato, ele se casou e teve um filho, aquele maldito sujeito cujo nome verdadeiro é igual ao do pai. Casou-se com Beryl Garcia, uma das beldades da Costa Rica, e, tendo roubado uma quantia considerável de dinheiro público, mudou de nome, passando a se chamar Vandeleur, e fugiu para a Inglaterra, onde fundou uma escola no leste de Yorkshire. A razão para tentar esse tipo particular de negócios foi que havia conhecido um professor tuberculoso na viagem para casa e usou o conhecimento do homem para tornar o negócio um sucesso. No entanto, Fraser, o tutor, morreu, e a escola, que havia começado bem, afundou na má reputação e na infâmia. Os Vandeleur acharam conveniente mudar seu nome para Stapleton, e ele trouxe o que sobrou de sua fortuna, seus planos para o futuro e seu gosto pela entomologia para o sul da Inglaterra. Verifiquei no Museu Britânico que o homem era uma autoridade reconhecida no assunto, e que o nome de Vandeleur está permanentemente ligado a uma mariposa que ele, em seus dias vivendo em Yorkshire, foi o primeiro a descrever.

"Chegamos agora àquela parte de sua vida que se provou tão interessante para nós. O sujeito, evidentemente, investigou e descobriu que apenas duas vidas se interpunham entre ele e uma valiosa herança. Quando foi para Devonshire, creio que tinha planos ainda extremamente nebulosos, mas é evidente que desde o princípio com intenções maldosas, o que se constata pela maneira como levou a esposa consigo no caráter de irmã. Já havia delineado a ideia de usá-la como chamariz, embora não tivesse certeza de como organizaria os detalhes de sua trama. Afinal, queria conseguir a herança e estava pronto para recorrer a quaisquer meios ou enfrentar qualquer risco para atingir esse fim. Primeiro, estabeleceu-se o mais próximo possível de seu lar ancestral e, segundo, cultivou amizade com Sir Charles Baskerville e com os vizinhos.

"O próprio baronete contou-lhe sobre o cão da família e, assim, preparou o caminho para morrer. Stapleton, como continuarei a chamá-lo, sabia, por intermédio do Dr. Mortimer, que o coração do velho era fraco e que um choque o mataria. Também ouvira dizer que Sir Charles era supersticioso e levava muito a sério a sinistra lenda. A engenhosa mente de Stapleton instantaneamente lhe sugeriu uma maneira de o baronete morrer, e ainda de modo que dificilmente a culpa seria atribuída ao verdadeiro assassino.

"Tendo concebido a ideia, tratou de viabilizá-la com considerável *finesse*. Um maquinador comum teria se contentado em utilizar um cão selvagem. O uso de meios artificiais para tornar a criatura diabólica foi um toque de genialidade do sujeito. Ele comprou o cachorro em Londres, de Ross e Mangles, os comerciantes da Fulham Road. Era o mais forte e selvagem que tinham. Trouxe-o pela linha de North Devon e caminhou uma grande distância pela charneca, para levá-lo até a casa sem despertar qualquer atenção. Em suas caçadas a insetos, já aprendera a penetrar no Grimpen Mire, e assim encontrou um esconderijo seguro para a criatura. Ali guardou a fera e esperou sua chance.

"Mas o tempo foi passando. O idoso cavalheiro não podia ser atraído para fora de suas terras à noite. Várias vezes Stapleton se escondera com o cão, mas sem sucesso. Foi durante essas tentativas infrutíferas que ele, ou melhor, seu aliado, foi visto pelos camponeses, e a lenda do cão demônio ganhou nova confirmação. Stapleton esperava que a esposa atraísse Sir Charles para a ruína, mas aqui ela se mostrou independente. Não se empenharia em enredar o idoso cavalheiro em um apego sentimental que poderia entregá-lo ao inimigo. Ameaças e, até lamento dizer, agressões, foram incapazes de fazê-la mudar de ideia. Ela não teria nada a ver com aquilo e, por algum tempo, Stapleton ficou em um impasse.

"Encontrou a oportunidade para sair das dificuldades com o próprio Sir Charles, em razão da amizade entre ambos, pois o cavalheiro tornou Stapleton seu representante no caso da ação de caridade para com aquela infeliz mulher, a Sra. Laura Lyons. Passando-se por um homem solitário, o sujeito conquistou influência sobre ela e deu-lhe a entender que, caso se divorciasse do marido, eles se casariam. Entretanto, tais planos foram repentinamente colocados em risco quando ficou sabendo que Sir Charles estava prestes a deixar o solar, seguindo o conselho do Dr. Mortimer, com cuja opinião ele próprio fingiu concordar. Precisava agir com rapidez ou sua vítima escaparia. Por isso, pressionou a Sra. Lyons a escrever aquela carta, implorando ao idoso cavalheiro que a encontrasse na noite anterior à partida dele para Londres. Então, com um estratagema capcioso, impeliu-a a não comparecer, criando, assim, a oportunidade que esperava.

"Voltando à noite de Coombe Tracey, Stapleton chegou a tempo de pegar o cão, colori-lo com aquela tinta infernal e trazer a fera até o portão, onde o idoso cavalheiro aguardaria a dama. O cão, incitado pelo dono, saltou o portão e perseguiu o desafortunado baronete, que fugiu gritando pela alameda de teixos. Naquele túnel sombrio, aquela enorme criatura preta, com mandíbulas e olhos flamejantes perseguindo a vítima, deve ter sido uma visão terrível. Sir Charles caiu no final da alameda, morto devido a um ataque cardíaco e ao terror. O cão se mantivera correndo pela margem gramada enquanto o baronete corria pelo caminho, de modo que só restou ali visível a pista do homem. Ao vê-lo deitado imóvel, a criatura provavelmente se aproximou para farejá-lo, mas, ao percebê-lo morto, retornou, e daí deixou a pegada observada pelo Dr. Mortimer. O cão foi recolhido e levado às pressas para o covil em Grimpen Mire, e sobrou apenas um mistério que confundiu as autoridades, alarmou a zona rural e, finalmente, colocou o caso dentro do escopo de nossa atenção.

"E tudo isso pela morte de Sir Charles Baskerville. Você percebe a astúcia diabólica? Na verdade, seria quase impossível incriminar o verdadeiro assassino. Seu único cúmplice jamais poderia entregá-lo e a natureza grotesca e inconcebível do plano só servia para torná-lo mais eficaz. Ambas as mulheres envolvidas no caso, a Sra. Stapleton e a Sra. Laura Lyons, suspeitaram de Stapleton. A Sra. Stapleton sabia que ele tinha planos contra o idoso cavalheiro e estava ciente da existência do cão. A Sra. Lyons não conhecia nenhuma dessas coisas, mas se impressionara com a morte ocorrida no mesmo momento de um encontro não cancelado do qual só eles sabiam. No entanto, ambas estavam sob domínio do sujeito e, portanto, ele não tinha nada a temer da parte delas. Assim, realizou com sucesso a primeira metade do plano, mas o mais difícil ainda continuava.

"É possível que Stapleton não soubesse da existência de um herdeiro no Canadá. De qualquer forma, logo descobriu a verdade por meio de um amigo, o Dr. Mortimer, que lhe contou todos os detalhes sobre a chegada de Sir Henry Baskerville. A primeira ideia de Stapleton foi que o jovem estrangeiro do Canadá poderia morrer em Londres sem nem chegar a ir para Devonshire. Ele desconfiava da esposa desde que ela se recusara a ajudá-lo a preparar uma armadilha para o idoso cavalheiro e, portanto, nem sequer se atrevia a deixá-la longe de sua vista por medo de perder domínio sobre ela. Foi por esse motivo que a levou junto para Londres. Acho que se hospedaram no Hotel Mexborough Private, na Craven Street, que, na verdade, foi um dos visitados pelo meu agente em busca de provas. Ali, manteve a esposa presa no quarto, enquanto ele, disfarçado com barba, seguia o Dr. Mortimer até Baker Street e depois até a estação e o Hotel Northumberland. A esposa tinha alguma ideia dos planos do marido, mas sentia tanto medo dele, um medo baseado em brutais maus-tratos, que nem sequer ousou escrever para advertir o homem que ela sabia estar em perigo. Se a carta caísse nas mãos de Stapleton, a própria vida da mulher não estaria segura. Eventualmente, como sabemos, ela adotou o expediente de cortar as palavras que formariam a mensagem e endereçar a carta com caligrafia disfarçada. Esta chegou ao baronete e deu-lhe o primeiro aviso do risco que corria.

"Era essencial para Stapleton obter alguma peça de vestuário de Sir Henry, de modo que, caso fosse obrigado a usar o cão, tivesse meios de colocá-lo na trilha do jovem. Com prontidão e audácia características, tratou disso imediatamente, e não duvidamos de que ou pegou as botinas ou subornou a camareira do hotel para ajudá-lo em seu projeto. Entretanto, infelizmente para ele, a primeira botina que conseguiu era nova e, portanto, inútil ao seu propósito. Então conseguiu a outra, um incidente bastante elucidativo, uma vez que me provou, de forma definitiva, que estávamos lidando com um cão de caça real, visto que nenhuma outra suposição explicaria essa ansiedade por obter uma botina velha e a indiferença para com uma nova. Quanto mais diferente e bizarro é um incidente, mais cuidadosamente merece ser examinado, e o ponto principal que parece um elemento complicador de um caso, quando devidamente considerado e cientificamente analisado, é, em geral, o mais provável para elucidá-lo.

"Então tivemos a visita de nossos amigos na manhã seguinte, sempre seguidos por Stapleton no *hansom*. A partir do fato de que ele conhecia nosso endereço e minha aparência, e levando em conta sua conduta geral, estou inclinado a pensar que a carreira de crime de Stapleton não se limitou de modo algum a esse caso de Baskerville. É sugestivo que durante os últimos três anos ocorressem quatro grandes roubos no Oeste do país, sem que qualquer criminoso tenha sido preso. O último deles, em Folkestone Court, em maio, foi notável pelo tiro a sangue-frio dado no vigia que surpreendeu o ladrão mascarado e solitário. Não duvido que Stapleton compensasse o declínio de seus recursos dessa forma e que por anos venha sendo um homem desesperado e perigoso.

"Tivemos um exemplo de sua habilidade naquela manhã, quando fugiu de nós com tanto sucesso, e também de sua audácia, quando enviou meu próprio nome de volta para mim por meio do cocheiro. Naquele momento, ele entendeu que eu havia assumido o caso em Londres e que, portanto, não haveria chance para ele lá. Portanto retornou a Dartmoor e esperou a chegada do baronete."

— Um momento! — interrompi. — Sem dúvida, a sequência dos eventos foi explanada corretamente, mas há um ponto que você deixou sem explicação. O que aconteceu com o cão quando o dono estava em Londres?

— Dei atenção também a esse assunto, sem dúvida importante. Não duvido que Stapleton contava com um colaborador, embora seja improvável que se tenha colocado em situação de refém, compartilhando seus planos com ele. Havia um velho criado na Casa Merripit, cujo nome era Anthony. Sua relação com os Stapleton pode ser rastreada por vários anos, desde os tempos da escola, de modo que o homem deveria saber que seus patrões eram realmente marido e mulher. Pois bem, o sujeito desapareceu e escapou do país. É sugestivo que Anthony não seja um nome comum na Inglaterra, enquanto Antônio o é na Espanha e em todos os países hispânicos ou híspano-americanos. O homem, assim como a Sra. Stapleton, falava bem o inglês, mas com um sotaque curioso. Eu mesmo vi esse velho atravessar o Grimpen Mire pelo caminho que Stapleton havia marcado. Portanto é muito provável que, na ausência de seu mestre, fosse ele quem cuidasse do cão, embora nunca tenha conhecido o propósito do uso da besta.

"Os Stapleton então retornaram a Devonshire, logo seguidos por Sir Henry e você. Uma palavra agora sobre como eu me coloquei naquele momento. Talvez seja possível recordar que, quando examinei o papel em que as palavras impressas estavam coladas, fiz uma inspeção minuciosa da marca d'água. Ao fazê-lo, segurei-o a poucos centímetros dos olhos e tive consciência de um leve aroma do perfume conhecido como jasmim branco. Há 75 perfumes, e é fundamental que um especialista em criminalidade seja capaz de distinguir um do outro; além disso, mais de uma vez atuei com casos que dependeram do reconhecimento imediato de um perfume. Aquele sugeriu a presença de uma dama, e meus pensamentos começaram a se voltar para os Stapleton. Assim, assegurei-me da existência do cão e descobri o criminoso antes mesmo de irmos para a região oeste.

"Planejava observar Stapleton. No entanto, evidentemente não conseguiria fazê-lo se estivesse com você, visto que o sujeito estaria bem atento. Então resolvi enganar a todos, inclusive você, e fui secretamente, levando-os a acreditar que estaria em Londres. Minhas dificuldades não foram tantas quanto você imaginou, embora detalhes insignificantes nunca devam interferir na investigação de um caso. Permaneci na maior parte do tempo em Coombe Tracey, e só usei a cabana na charneca quando se fazia necessário estar perto da cena da ação. Cartwright veio comigo e, disfarçado de camponês, foi de grande ajuda para mim, pois dependia dele para comida e roupa limpa. Quando eu estava observando Stapleton, Cartwright estava, normalmente, observando você, de modo que eu era capaz de manter controle sobre todos os cordões.

"Eu já lhe disse que seus relatórios chegavam rapidamente, sendo encaminhados de imediato de Baker Street para Coombe Tracey. Foram de grande utilidade para mim, sobretudo aquele trecho incidentalmente verdadeiro da biografia de Stapleton. Consegui estabelecer a identidade do homem e da mulher e, finalmente, sabia exatamente em que pé estava. O caso ficou um tanto mais complexo pelo incidente do condenado que escapou e pelas relações entre ele e os Barrymore. Você também esclareceu esse aspecto de maneira muito eficaz, embora eu já tivesse chegado às mesmas conclusões a partir de minhas próprias observações.

"No momento em que você me viu na charneca, eu já tinha conhecimento completo de todo o assunto, mas ainda não havia delineado uma prova com a qual pudesse ir a um júri. Nem mesmo o atentado de Stapleton contra Sir Henry naquela noite, que terminou com a morte do infeliz condenado, nos ajudou a provar que houve um crime contra nosso homem. Parecia não existir outra alternativa senão pegá-lo em flagrante, e para isso tínhamos que usar Sir Henry como isca, sozinho e aparentemente desprotegido. Assim agimos e, ao custo de um choque severo para nosso cliente, conseguimos concluir nosso caso e levar Stapleton ao seu fim. Confesso que o fato de termos exposto Sir Henry a esse risco representa uma censura à minha condução do caso, mas não tínhamos como prever nem o espetáculo terrível e paralisante que o animal representava, nem o nevoeiro que lhe permitiu surgir à nossa frente com tal rapidez. Conseguimos nosso objetivo a um custo que tanto o especialista quanto o Dr. Mortimer me asseguraram que será temporário. Uma longa viagem permitirá ao nosso amigo que se recupere não só de seu estado emocional, como também de seus sentimentos magoados. Seu amor pela dama era profundo e sincero e, para ele, a parte mais triste de todos esses terríveis acontecimentos foi ter sido enganado por ela.

"Só resta destacar o papel que ela desempenhou. Não restam dúvidas de que Stapleton exercia influência sobre a mulher, quer por amor quer por medo, ou muito possivelmente por ambos, pois essas, de forma alguma, são emoções incompatíveis. Essa influência foi, pelo menos, absolutamente eficaz. Ao comando dele, ela consentiu em se passar por sua irmã, embora Stapleton tenha enfrentado limites a tal poder quando tentou torná-la cúmplice do assassinato. Ela tentou avisar Sir Henry até onde pôde, sem implicar o marido, e por repetidas vezes tentou fazê-lo. O próprio Stapleton parece ter ficado com ciúmes e, quando viu o baronete fazendo a corte à dama, embora isso fosse parte de seu próprio plano, não conseguiu evitar interrompê-lo com uma explosão tão violenta que revelou a alma de fogo que, de maneira contida, tão inteligentemente escondia. Ao encorajar a intimidade entre ambos, assegurou-se de que Sir Henry iria assiduamente à Casa Merripit e que, mais cedo ou mais tarde, teria a oportunidade desejada. No dia da crise, no entanto, a esposa se voltou contra ele. Ela soube da morte do condenado e também de que o cão era mantido no anexo da casa na noite em que Sir Henry viria jantar. Confrontou o marido sobre o crime planejado e seguiu-se uma cena furiosa que, pela primeira vez, fez com que ela soubesse que tinha uma rival no amor do marido. Sua fidelidade transformou-se num instante em amargo ódio, e Stapleton viu que ela o trairia. Portanto, amarrou-a para que não tivesse qualquer chance de avisar Sir Henry, e sem dúvida esperava que, quando tudo acabasse, como certamente aconteceria com a morte do baronete de acordo com a maldição familiar, poderia reconquistá-la, fazendo-a aceitar um fato consumado e manter silêncio sobre o que sabia. Nisso, de qualquer modo, imagino que ele tenha cometido um erro, e, se não estivéssemos ali, a condenação do homem estaria nada menos que selada. Uma mulher de sangue espanhol não tolera com facilidade tal mágoa. E agora, meu caro Watson, sem o uso de minhas anotações, não posso lhe dar uma descrição mais detalhada desse curioso caso. Mas não creio que nada essencial tenha sido deixado sem explicação."

— Ele não podia esperar que o truque do cão fizesse Sir Henry se assustar tanto a ponto de morrer, como fizera com o velho tio do rapaz.

— A besta era brutal e mal alimentada. Se a aparência não matasse de susto a vítima, pelo menos a paralisaria, diminuindo a resistência que talvez oferecesse.

— Sem dúvida. Entretanto, ainda resta um problema. Se Stapleton entrasse na sucessão da herança, como explicaria o fato de que ele, como herdeiro, estivesse vivendo tão perto da propriedade e sob outro nome? Como a reivindicaria sem causar suspeita e indagação?

— É um problema enorme, e temo que você esteja pedindo demais ao esperar que eu o resolva. O passado e o presente estão no campo da minha investigação, mas o que um homem pode fazer no futuro é uma questão difícil de ser respondida. A Sra. Stapleton ouvira o marido discutir o problema em várias ocasiões. Havia três caminhos possíveis. O homem poderia reivindicar a herança a partir da América do Sul, estabelecer sua identidade perante as autoridades britânicas e, assim, obter a fortuna sem jamais pisar na Inglaterra, ou adotar um elaborado disfarce durante o curto período em que precisasse estar em Londres, ou, novamente, poderia usar um cúmplice com as provas e os documentos, colocando-o como herdeiro, mantendo uma reivindicação sobre alguma proporção de sua renda. Pelo que sabemos dele, não duvidemos de que teria encontrado alguma saída para a dificuldade. E agora, meu caro Watson, tivemos algumas semanas de trabalho pesado e, por uma noite, julgo que podemos sintonizar nossos pensamentos em canais mais agradáveis. Tenho um camarote para *Les Huguenots*.[13] Já ouviu falar sobre De Reszkes?[14] Posso pedir-lhe que em meia hora esteja pronto para sair e que paremos no Marcini's para um rápido jantar?

---

[13] *Les Huguenots* é uma ópera do compositor alemão Giacomo Meyerbeer, com libreto de Eugène Scribe e Émile Deschamps. Estreou em Paris em 1836. (N.T.)

[14] Jan Mieczysław Reszke, conhecido como Jean de Reszke (Varsóvia, 1850 – Nice, 1925) foi um tenor polaco renomado internacionalmente pela alta qualidade de sua voz e pela elegância do seu timbre; tornou-se o maior astro da ópera do fim do século XIX. (N.T.)

amo ler

1ª. Edição
Fonte Athelas